UNE NUIT EN CRÈTE

Diplômée de littérature anglaise de l'université d'Oxford, Victoria Hislop vit entre l'Angleterre et la Grèce, et parle français couramment. Best-seller international, vendu à plus de cinq millions d'exemplaires à travers le monde, son premier roman, *L'Île des oubliés*, a conquis 400 000 lecteurs en France, où il a été couronné par le Prix des lecteurs du Livre de Poche en 2013. La *success story* se poursuit avec ses nouveaux ouvrages, *Le Fil des souvenirs*, *Une dernière danse* et *La Ville orpheline*. *Une nuit en Crète* est son premier recueil de nouvelles publié en France.

VICTORIA HISLOP

Une nuit en Crète

TRADUIT DE L'ANGLAIS PAR ALICE DELARBRE

LES ESCALES

Titre original :

THE LAST DANCE

Pour Vasso Sotiriou

J'adresse des remerciements tout particuliers à :

Elena, d'Agios Nikolaos en Crète
Ian, Emily et William Hislop
Evripidis Konstantinidis
David Miller
Kostas et Alexandra Papadopoulos
Flora Rees
Zoie Sgourou
Thomas Vogiatzis

Avertissement de l'auteur

Certaines de ces nouvelles évoquent l'actuelle crise économique grecque, source de difficultés extrêmes pour les citoyens ordinaires. J'invite les lecteurs, s'ils le souhaitent, à s'intéresser au travail des organisations caritatives suivantes :

The Smile of the Child (Le sourire de l'enfant) : www.hamogelo.gr

Caritas, une association catholique qui œuvre dans les banlieues sud d'Athènes : www.caritas.org

L'Armée du Salut, présente à Athènes et à Thessalonique : www.salvationarmy.gr

Le pope et le perroquet

Stavros avait fait le choix du célibat. Il connaissait nombre de popes mariés, pères de famille, et même certains qui avaient eu des enfants en dehors des liens sacrés du mariage. Il y avait néanmoins une femme dans sa vie, au service de laquelle il s'était placé : Panagia, la Vierge Marie, mère de Dieu.

Un an plus tôt, il était arrivé à Ladrisi

pour seconder papas Apostolos, l'octogénaire qui avait servi de guide spirituel
aux habitants du village pendant plus
de cinquante ans. On l'avait beaucoup
pleuré à sa mort, mais Stavros s'était
révélé plus qu'à la hauteur de ses fonc-
tions.

La paroisse qui lui avait été confiée se
composait d'un village de quatre cents
âmes tout au plus et de trois hameaux
voisins, chacun doté d'une minuscule
église. La maison du prêtre se trouvait
sur une colline, à la sortie du village,
à deux minutes de marche de l'église.
Cette position privilégiée lui permettait
d'apercevoir les autres, plus petites, dis-
séminées dans la vallée, et qui étaient
aussi sous sa responsabilité. Le jeune
homme, tout juste sorti du séminaire,
bénissait Dieu d'avoir hérité d'une com-
munauté aussi paisible.

Nombre de femmes du village trouvaient le chemin de son domicile, si bien
qu'il ne manquait jamais de nourriture,

14

plats chauds ou conserves de fruits. Elles lui auraient volontiers tenu compagnie, également, cependant il fuyait tout contact, de peur qu'on y voie une marque d'amitié.

Dans la plupart des campagnes, le nombre de femmes semblait supérieur, au moins du double, à celui des hommes. On apercevait celles-ci devant chez elles, sur les marchés, ainsi que dans les champs, où elles peinaient, et dans les forêts, où elles ramassaient du bois. Dans le village de Stavros, il paraissait y avoir encore moins d'hommes qu'ailleurs. À l'exception des enterrements et des commémorations, il ne les croisait que lorsqu'il passait devant le *kafenion*. Il les saluait de la tête, échangeait parfois quelques banalités mais n'entrait jamais.

Sur la colline, derrière la maison de papas Stavros, se trouvait une ruche, dont il s'occupait à merveille, tenant cet art de sa grand-mère et, quand il rendait visite aux malades, il apportait toujours un petit pot d'un miel presque aussi foncé que de la mélasse noire. Il leur préparait un doux breuvage apaisant, qu'il additionnait d'herbes et d'un trait de jus de citron, cueilli dans son jardin. Au terme de sa première année dans le village, les veuves rendirent leur verdict : ce jeune homme possédait des pouvoirs remarquables.

Ses enseignements les inspiraient et la pureté de ses psalmodies les transportait, pourtant c'était l'efficacité de son « remède » tout simple qui leur donnait véritablement la foi. Sa réputation de guérisseur s'était répandue parmi les femmes, et des centaines de bougies illuminaient en permanence l'église. Le gros coffre en bois dans lequel on glissait des pièces par une fente étroite devait être vidé chaque semaine, et la réserve de cierges d'un ocre soutenu exigeait un renouvellement constant. Elles considéraient papas Stavros comme un faiseur de miracles.

Le pope et le perroquet

Lorsqu'ils étaient malades, les hommes du village recouraient à un autre genre de remède. Ils soignaient leurs maux et douleurs à coups de raki, une eau de feu qui semblait éloigner tous les microbes, et n'avaient que mépris pour la foi des femmes dans la potion du pope. Après tout, ce n'était que du miel et de l'eau !

— Divine potion, pure invention, ricanaient-ils.

— Ça ne leur fait pas de mal, au moins, notait l'un d'eux.

— Si ça peut les rendre heureuses, philosophait un autre.

Papas Stavros avait une barbe broussailleuse qui lui masquait entièrement le bas du visage et, sous son grand chapeau noir, une abondante masse de boucles noires qui lui tombaient presque aux épaules. Dans ce paysage hirsute, ses yeux brillaient telles deux olives bien mûres. Quelques rides les entouraient – apparues à force de plisser les paupières chaque fois que le soleil l'éblouissait –, mais ses mains trahissaient sa jeunesse, aussi lisses que la peau d'un nouveau-né.

Le soir, après avoir terminé ses visites et accompli tous les devoirs de sa fonction dans les quatre églises, il rentrait dîner chez lui. Il goûtait plus que jamais, à ce moment de la journée, l'amour et la vénération des femmes du coin. Car, presque quotidiennement, un petit quelque chose l'attendait : marmite remplie d'un ragoût de haricots verts ou d'une soupe, *fasolakia*, voire un *kleftiko*, un plat complet de viande et de légumes. Elles passaient chercher les plats vides le lendemain matin, et il avait pris l'habitude de les laisser dehors, propres et prêts à être emportés. Après son repas, il consacrait le reste de sa soirée à la lecture de la Septante ; l'ampoule nue au plafond donnait tout juste assez de lumière, même pour ses jeunes yeux.

Le pope et le perroquet

Un jour de mai, une épidémie se déclencha, et papas Stavros ne put rien pour la maîtriser. L'école du village, salle unique où vingt-cinq enfants s'entassaient pour apprendre leurs leçons, était l'environnement rêvé pour une telle propagation. Kyria Manakis, la nouvelle institutrice, ayant remarqué que les trois membres d'une fratrie étaient couverts de rougeurs, avait suggéré, avec tact, qu'ils restent chez eux le lendemain. Défaut de la jeunesse et du manque d'expérience : elle n'avait pas réagi assez vite. Leur mère aurait dû être convoquée sur-le-champ ; ces quelques heures supplémentaires avaient permis au virus de se répandre en toute liberté. En une journée, la rougeole s'était abattue sur l'école et les effectifs s'en trouvèrent réduits de moitié. Katerina Manakis fut contrainte de suspendre les cours. Toutefois, avec le sens du devoir qui la caractérisait, elle donna à chaque élève en bonne santé des devoirs ainsi qu'un livre à lire à la maison.

Peu à peu, les enfants se rétablirent mais, alors qu'ils devaient reprendre le chemin de l'école pour la fin du trimestre, l'institutrice remarqua la présence, sur sa poitrine, d'une rougeur caractéristique. Une semaine durant, elle dépérit, seule chez elle, assaillie de fièvre, le corps entier couvert de taches. La veuve qui vivait à côté fit venir un médecin d'une ville proche. Il sortit son stéthoscope, lui examina la gorge, lui tâta les ganglions, puis alla se laver les mains dans l'évier, à l'autre bout de la pièce. Si elle ne connaissait aucune amélioration d'ici quelques jours, la jeune patiente devrait aller à l'hôpital, conclut-il.

Au dixième jour de sa maladie, alors que le médecin, de son propre avis, lui avait prescrit plus d'antibiotiques que de raison, papas Stavros lui rendit visite.

Katerina Manakis remarqua le vif rai de lumière qui tomba sur son lit quand la porte d'entrée s'ouvrit et que le soleil déferla sur l'obscurité. En proie à un semi-délire, elle voulut voir dans la luminosité subite une apparition divine.

— Katerina, murmura sa voisine, la vieille veuve qui gardait un œil sur elle. Le pope est là.

Avec l'aide de celle-ci, et le soutien d'un oreiller supplémentaire, Katerina parvint à s'asseoir dans son lit. Le jour qui entrait dans la pièce était tamisé par les rideaux, cependant elle aperçut, à l'autre bout, le prêtre qui faisait chauffer de l'eau, puis la versait dans un verre, avant d'y ajouter un peu de miel et de saupoudrer le tout d'herbes.

Il lui parla avec beaucoup de douceur, prenant sa main moite et inerte dans la sienne. Ses doigts à lui avaient la fraîcheur du marbre et, lorsque Katerina but la teinture qu'il lui proposait, elle sentit aussitôt sa fièvre retomber. Papas Stavros vint la voir tous les jours pendant une semaine. Homme de peu de mots, il priait en silence, assis à son chevet, la tête courbée. De jour en jour, la température de l'institutrice baissait et ses rougeurs s'apaisaient. Deux semaines plus tard, elle était sur pied, devant sa guérison à Dieu et au pope faiseur de miracles.

Katerina Manakis éprouva du chagrin quand elle comprit qu'elle n'entendrait plus le petit coup vif de papas Stavros à sa porte, même si elle se réjouissait de voir ses forces croître sous la chaleur constante de ces jours d'été. Elle se surprenait à guetter l'apparition du prêtre au coin de sa rue et formulait le souhait coupable qu'une des veuves voisines soit bientôt en état de réclamer des soins.

Dès qu'elle eut recouvré assez d'énergie, Katerina Manakis se rendit dans la ville la plus proche pour acheter une petite plaque d'argent martelé représentant une femme et la placer à côté de l'icône de la Vierge. Elle la suspendrait avec un ruban étroit, parmi les autres *tamata*, offrandes votives déposées par dizaines dans l'église, en guise de prières ou de remerciements. Il y avait des images de cœurs et de mains, de pieds, de bras, de jambes, en somme de toutes les parties du corps. On trouvait aussi une multitude de bébés argentés. Au fil des années, chaque femme du village avait prié pour réussir à enfanter ou remercié la Panagia pour le bel enfant qui gigotait désormais dans un berceau en bois.

Pour la première fois depuis son arrivée dans le village, Katerina s'installa sur le seuil de sa maison, à l'instar des vieilles femmes. Elle remarqua que celles-ci rougissaient dès que le prêtre approchait et piquaient timidement du nez vers les pavés s'il s'arrêtait pour les saluer. À sa légère honte, Katerina se surprit à faire de même.

— Il est si beau, disait l'une.

— Oui, soupirait une deuxième, quel jeune homme séduisant !

— Il a des yeux merveilleux, approuvait une troisième. On croirait du chocolat fondu.

Étant veuves, elles ne voyaient pas le mal qu'il y avait à désirer ce pope. Katerina restait plus discrète, chérissant le souvenir de cet homme, avec sa voix basse et ses prières silencieuses. Chaque fois qu'elle le regardait s'éloigner, elle songeait qu'il semblait se satisfaire de sa solitude.

Malgré son isolement, Stavros n'était pas aussi solitaire que d'autres. Il ne vivait pas seul, en réalité. Il avait un fidèle compagnon : un perroquet. Nikos occupait déjà les lieux à l'arrivée de l'homme d'Église. Certains villageois prétendaient que l'oiseau vivait dans la famille de l'ancien pope avant même la naissance d'Apostolos. Certains supposaient même qu'il avait bien plus d'un siècle.

Le magnifique perroquet bleu-vert était une créature féroce et modérément irascible. Il gardait les lieux avec plus d'agressivité qu'un mastiff. Quand une veuve montait, à pas de loup, pour déposer le dîner de Stavros devant sa porte, un cri terrifiant résonnait de l'autre côté du battant, l'avertissant qu'elle s'était aventurée suffisamment loin. C'était d'ailleurs pour cette raison qu'elles déposaient toujours leurs offrandes à l'extérieur.

Les chats du coin étaient parfois attirés par l'odeur de la viande. De temps à autre, l'un d'eux sautait sur le rebord de la fenêtre et apercevait l'oiseau à l'intérieur, qui le fixait de ses yeux perçants. Dès qu'il l'entendait piailler, le matou déguerpissait.

Le perroquet disposait d'un certain nombre d'expressions. Son propre nom (« Nikos, Nikos »), le nom de son premier maître, et à présent « Stavros ». Il lui arrivait aussi de dire, occasionnellement, « panagia mou », qui pouvait être une expression de piété, ou un juron civilisé, selon l'intonation qu'on lui donnait. Avec le perroquet, il était difficile de trancher. En tout état de cause, son ton n'avait rien de très dévot.

Nikos, dont les ailes avaient été taillées plusieurs années auparavant, restait toute la journée sur son perchoir, qui se dressait au centre de la pièce unique de l'habitation. Le soir, lorsque le prêtre était là, il descendait pour passer, d'un mouvement gauche, du dossier d'un fauteuil à un autre. Il avait même sa place à table, avec sa propre assiette en émail, dans laquelle Stavros plaçait une demi-tranche de pain. Quand il ne la picorait pas, l'oiseau observait son maître, la tête légèrement inclinée, avec une expression quelque part entre la dévotion et le dédain.

En général, le pope lisait pendant le dîner, mais ces dernières semaines il était trop distrait pour cela. Il débarrassait son assiette à moitié pleine.

— Je ne cesse de penser à elle, Nikos,

dit-il un soir en passant l'assiette sous l'eau froide.

Il aurait aussi bien pu parler tout seul, pourtant toute réaction de son compagnon, quelle qu'elle fût, le réconfortait.

— Ni-kos! Ni-kos! *Ti kaneis*, Ni-kos!

Le perroquet pencha la tête d'un côté, le regard vacillant. Il battit des ailes, quitta le rebord de la table pour sauter sur le dossier d'une chaise et tourner le dos à Stavros. Il aimait regagner son perchoir dès la nuit tombée, et il était déjà vingt-deux heures.

Avant d'aller au lit, Stavros se lavait le visage et les mains dans l'évier de la cuisine; s'il voulait de l'eau chaude, il devait la faire bouillir sur le petit poêle à gaz. Puis il s'allongeait sur la banquette encastrée dans le mur, à l'autre bout de la pièce.

De toute sa vie, il n'avait jamais souffert d'insomnie. Chacune de ses journées était bien remplie, entre les visites, les lectures et les prières, et il se couchait exténué. Ces derniers temps, toutefois, il se tournait et se retournait, incapable de se détendre. Aux petites heures du jour, lorsqu'il finissait par s'endormir, il était poursuivi par des visions de la jeune institutrice et marmonnait continuellement dans son sommeil.

Il avait toujours été réveillé par le lever du soleil, ou la cloche de l'église, selon la période de l'année. À présent, il se réveillait lui-même en criant le prénom de Katerina. Ses nuits étaient trop troublées pour être réparatrices, et, au matin, la fatigue l'empêchait presque de sortir de chez lui. Ce phénomène se répéta durant de nombreuses semaines.

Le sommeil de Nikos était aussi agité que celui de son maître. Il s'assoupissait, mais rouvrait l'œil à chaque cri du prêtre, battant des ailes avec frénésie, picorant les graines dans son bol et sautillant d'une patte sur l'autre.

Les semaines passaient et Katerina Manakis recouvrait progressivement ses forces. Les journées d'été commençaient à fraîchir et, d'ici peu, l'école rouvrirait ses portes. Elle se tiendrait alors devant sa classe, à nouveau éclatante de santé, souriante, ses beaux cheveux noirs coiffés en une tresse brillante. La veille de la rentrée, elle monta jusqu'à la maison du pope pour lui laisser une part de la fricassée de poulet aux légumes qu'elle avait préparée. À son approche, la bande de chats efflanqués détala d'un air coupable.

Alors, de façon très distincte, elle entendit qu'on l'appelait :

— Kate-rina ! Kate-rina !

Le pope ne fermait jamais à clé, elle entra donc. S'il ne semblait y avoir personne, elle aperçut, dans la pénombre, un œil luisant.

— Ni-kos ! Kate-rina ! Ni-kos ! *Ti kaneis ? Ti kaneis ?*

La jeune femme crut bien que son cœur allait exploser dans sa poitrine, jusqu'à ce qu'elle éclate de rire.

Elle connaissait l'existence du perroquet. Des villageois lui en avaient parlé. Elle ne s'était cependant pas figuré une créature aussi imposante et exotique. Elle comprit alors que c'était l'oiseau qui avait prononcé son prénom. Elle sourit, déconcertée. Comme elle s'apprêtait à tourner les talons pour partir, elle entendit à nouveau qu'on l'appelait. Cette fois, la voix provenait de derrière elle. C'était le prêtre.

— Kyria Katerina. *Kalimera*. Je suis si heureux de voir que vous êtes assez vaillante pour vous promener.

Elle était mortifiée. Elle s'était introduite dans la maison du pope sans invitation et se faisait l'impression d'un cambrioleur pris la main dans le sac.

— Oui, je vais beaucoup mieux, répondit-elle, rougissant. Je... je voulais juste vous apporter quelque chose en remerciement. Voilà la raison de ma présence.

— C'est très gentil à vous. Je suis si bien nourri ici, dit-il en lui prenant

le plat des mains. Je n'ai jamais mangé
autant de toute ma vie.

Il éprouvait une certaine gêne à discuter avec une femme au beau milieu de la
pièce où il vivait. Une femme qui lui tendait, timidement, un repas chaud, une
femme aux yeux scintillants et aux joues
rougissantes.

— Mais je ne me serais pas permis
d'entrer si… j'ai entendu quelqu'un
m'appeler et j'ai poussé la porte…

— Comment cela ?

— J'ai entendu mon prénom… Du
moins, je l'ai cru.

Katerina se sentait honteuse, presque
embarrassée. Quelle idée le prêtre
allait-il se faire d'elle à présent ?

Nikos n'apprenait pas vite, cependant
une fois qu'il avait ajouté un mot à son
vocabulaire, il ne l'oubliait pas.

— *Ti kaneis ?* Kate-rina ! Kate-rina !
Ni-kos !

Stavros considéra le perroquet puis
Katerina. Comment pourrait-il expli-

31

quer ceci ? À l'exception du prénom de son nouveau maître, l'oiseau n'avait pas retenu un seul terme depuis l'arrivée de ce dernier. Jusqu'à présent.

Le pope et le perroquet s'affrontèrent du regard.

— Nikos ! s'esclaffa-t-il. Je ne savais pas que tu avais découvert un nouveau mot.

— *Ti kaneis ? Ti kaneis ?*

— Je vais très bien, je te remercie, répondit-il avec un large sourire.

Il aurait volontiers ajouté : « Mieux que jamais. » Lorsqu'il se retourna, il constata que Katerina s'était échappée. Elle avait déjà descendu la moitié de la rue, et il se précipita à sa suite. Ils ne s'étaient même pas dit « au revoir ».

Soudain, il s'arrêta. Inutile de se précipiter.

— Je lui rapporterai son plat demain, annonça-t-il au perroquet.

Nikos inclina la tête et fit gonfler ses plumes d'un beau turquoise.

Le *kafenion*

Le *kafenion* de Kournia avait ouvert pour la première fois en 1935. Le vieux Kyriakos Malkis avait tout simplement transformé la pièce principale de sa maison en café et installé sa famille à l'étage. De petites tables et des chaises en bois étaient disposées au rez-de-chaussée, et quelques autres avaient été ajoutées sur le trottoir, dehors. Le menuisier du village avait construit le comptoir et il y avait eu un grand débat pour savoir s'il devait, ou non, fabriquer une enseigne pour la devanture. On avait fini par convenir que la présence de personnes attablées devant des boissons suffirait à faire comprendre qu'il s'agissait d'un *kafenion*.

En hiver, les clients s'installaient à l'intérieur, profitant de la chaleur qu'offrait le poêle à bois ; dans la touffeur brûlante de l'été, ils se réfugiaient aussi à l'intérieur pour profiter de la brise discrète du ventilateur qui tournait au ralenti. Devant l'établissement se dressait un jeune platane, un *platanos*, qui avec le temps donnerait de l'ombre.

Peu à peu, le puissant raki du vieux Kyriakos et son excellent café étendirent la réputation de son *kafenion* aux hameaux voisins. Il investit dans une demi-douzaine de *tavli* et les hommes prirent l'habitude de rester plusieurs heures d'affilée pour boire, fumer et jouer.

Le Kafenion

Bien souvent, les seules «voix» à se faire entendre étaient celles des pions sur le bois du plateau.

Kyria Malkis et sa fille, Maria, se cantonnaient à l'arrière-salle, pièce défraîchie cachée derrière un pan de dentelle de plus en plus sale, et consacraient leur journée à laver verres, tasses, soucoupes et cendriers dans l'évier de pierre. Elles allaient pomper l'eau sur la place du village.

À la mort de ses parents, Maria hérita du *kafenion*. Grâce à la prévoyance de son père, elle était déjà fiancée à l'un des clients, Stephanos Papadenos. La promesse de bonnes affaires avait constitué la dot rêvée, et le jeune homme était bien volontiers passé de l'autre côté du bar. Il s'était rapidement fait à son rôle de *kafetzis*. Ils menaient tous deux une existence simple, mais qui leur convenait parfaitement, leurs vies personnelles, professionnelles et sociales étant toutes contenues dans ces quelques mètres carrés.

Soucieux de suivre les traces des parents de Maria, Stephanos et elle ne procédèrent qu'à une seule modification : ils troquèrent le vieux rideau de dentelle contre un nouveau en bandelettes multicolores en plastique, ce qui facilitait le passage d'une salle à l'autre. Et ce qui ajoutait une touche de vie dans un décor par ailleurs tout en bruns et beiges.

La Crète connut une explosion touristique durant les années soixante-dix et quatre-vingt, qui bénéficia aussi au *kafenion*.

Kournia jouissait d'une position spectaculaire, au sommet d'une colline, avec une vue sur une plaine fertile qui dévalait jusqu'à la mer. En été, les touristes n'hésitaient pas à parcourir les quarante kilomètres qui séparaient le village de la principale ville de l'île afin de goûter à la véritable vie crétoise et, pourquoi pas, acheter une nappe bordée de dentelle, exécutée au crochet par l'une des femmes du coin. Deux autres cafés ouvrirent leurs portes, cependant le *kafenion* possédait le meilleur emplacement. Le platane avait grandi et les clients appréciaient son ombre dense.

Au milieu des années quatre-vingt, âgée d'une bonne quarantaine d'années, Maria donna le jour à des jumeaux. Elle ne révéla jamais à Manos et Petros lequel des deux était né le premier, et, en vérité, elle n'aurait pu l'affirmer avec certitude. À l'hôpital, on installa les bébés côte à côte dans un couffin, et, après les avoir pris puis reposés un certain nombre de fois, ni les infirmières ni les parents ne furent en mesure de les distinguer.

Ils étaient une véritable bénédiction pour le couple et en vinrent même, quelques années plus tard, à constituer un avantage commercial, lorsque, à cinq ans, ils apparaissaient dans des tenues identiques pour débarrasser les tables. Ils allèrent à l'école dans une petite

ville voisine et, à quatorze ans, ils maî-
trisaient assez d'anglais, de français et
d'allemand pour mener des échanges
brefs mais savoureux avec les touristes,
voire prendre leurs commandes. Ils
se défiaient l'un l'autre pour obtenir le
plus de pourboires, cependant à la fin
de chaque semaine, leurs parents divi-
saient scrupuleusement leurs gains et
leur remettaient une somme équivalente.
Malgré leurs protestations, ils apprirent
à accepter cet état de fait.

Quand les garçons eurent terminé
l'école, l'activité du *kafenion* n'était pas
suffisante pour les retenir au village. À
grand regret, car ils aimaient tous deux
leur foyer et n'avaient aucun désir de
s'éloigner, ils partirent vivre chez leur
cousin, plus âgé, dans la principale ville
de l'île. Manos trouva un emploi dans
un magasin d'informatique et Petros
fut engagé par leur cousin, gérant d'un
supermarché. Chaque été, ils tenaient
la promesse qu'ils avaient faite à leurs

parents et passaient le mois d'août à les aider.

Le *kafenion* n'évoluait pas. Ses propriétaires vieillissants ne voyaient aucune raison d'entreprendre des changements, d'autant que les clients semblaient apprécier les lieux en l'état. De nombreuses années durant, les seules modifications concernèrent les prix, inscrits à la craie sur un tableau noir, simple reflet de l'inflation. En 2002, l'introduction de l'euro fut à l'origine d'une grande confusion et consternation. Elle exigea l'acquisition d'une caisse électronique. Alors qu'il la déplaçait, Stephanos trébucha sur le seuil du café. Sa chute fut si grave que le médecin du village recommanda l'alitement jusqu'à nouvel ordre.

Lorsqu'il apparut que leur père ne serait pas rétabli avant un bon moment, au premier appel de leur mère, les deux garçons rentrèrent aussitôt.

— Je serais heureux de m'occuper du *kafenion* pour vous, proposa Manos.

— Moi aussi, s'empressa d'ajouter Petros. Je n'ai qu'un coup de fil à passer à mon patron…

— Notre magasin procède justement à des licenciements, l'interrompit Manos.

— Le nôtre aussi ! riposta Petros.

Maria Papadenos fut touchée de l'empressement avec lequel ses fils lui proposaient leur aide. Elle était déchirée, cependant, entre l'envie de les revoir et l'ambition maternelle.

— Vous ne devez pas abandonner vos carrières ! Votre père sera sur pied d'ici peu, et je me débrouillerai en attendant. La période est calme.

Elle dut revenir sur sa décision quelques mois plus tard, quand il fut évident que le médecin n'avait pas mesuré la gravité de la situation. En plus d'une jambe cassée, son mari avait plusieurs côtes fêlées et sa toux persistante finit par révéler la perforation d'un poumon. Cette dernière blessure se révéla fatale. Maria appela les jumeaux dès qu'elle comprit que les jours de Stephanos étaient comptés, et ils rentrèrent sur-le-champ au village, arrivant précisément au même moment, juste à temps pour faire leurs adieux à leur père, puis consoler leur mère, accablée de chagrin.

L'enterrement eut lieu et, pendant les quarante jours de deuil, les portes du *kafenion* demeurèrent closes pour la première fois en près de soixante-dix ans.

Consciente que sa vie professionnelle était terminée, Maria se retira à l'étage, pour pleurer son défunt époux dans sa chambre aux volets clos. L'heure était venue de transmettre l'affaire familiale à ses fils.

Au cours des premiers mois de réouverture, Manos et Petros conservèrent le *kafenion* dans son état d'origine. Au bout d'un temps, ils envisagèrent des travaux de modernisation. Ayant vécu dans une grande ville, ils regorgeaient d'idées.

Fallait-il proposer une variété plus large de boissons ? Servir du café glacé ? Du café italien en plus du grec ? Chacune de leurs discussions se concluait sur un désaccord et, dans le silence de sa chambre à l'étage, Maria Papadenos, toujours endeuillée, suivait leurs disputes.

— Nous devrions donner un coup de peinture.

— Le café n'en a pas besoin.

— Alors changeons le mobilier.

— Celui-ci est très bien ! s'emportait Petros.

— La moindre des choses serait d'acquérir quelques chaises en plastique moulé. Ces vieilleries sont dépassées ! hurlait Manos en désignant les traditionnelles *psathini* tout autour de lui, avec leur assise en paille. Et inconfortables !

— Ça n'empêche pas les clients de venir, grognait Petros. Nous devrions plutôt investir dans une nouvelle machine à café.

— À quoi bon ? Tout le monde aime le café grec.

— Tu te trompes.

Chaque suggestion était rejetée. Maria les écoutait se quereller sans parvenir à distinguer leurs voix, qui se mêlaient pour former un brouhaha, discordant.

Ces prises de bec, qui se prolongèrent plusieurs semaines, finirent par l'épuiser. Même en plaquant ses mains sur ses oreilles, le bruit insupportable des deux êtres qu'elle aimait le plus au monde et qui se chamaillaient lui parvenait.

Un jour qu'ils l'avaient presque poussée au désespoir, une idée germa dans son esprit. Une semaine plus tard, elle avait un plan d'action.

Les jumeaux n'étaient pas encore retournés prendre leurs affaires chez leur cousin depuis la mort de leur père et leur retour précipité.

— Je peux tout à fait m'occuper du

café pendant deux jours, leur annonça-t-elle, le temps que vous alliez les chercher.

— Tu es sûre ? lui demanda Manos.

— Tout se passera bien, certifia-t-elle. Ça changera un peu.

— Nous serons de retour à la même heure, demain, lui promit Petros.

Maria Papadenos vit ses fils monter en voiture.

— Soyez prudents sur la route ! *Kalo taksidi !* Bon voyage[1] !

Leur antagonisme s'était tant accentué qu'elle redoutait que l'un des deux fasse verser l'autre dans le fossé. Dès qu'ils eurent disparu après le virage, elle rentra dans le *kafenion* et décrocha son téléphone. À six heures trente, il était encore trop tôt pour les premiers clients.

— *Kalimera*, Kyrios Vandis, dit-elle. Oui, ils sont partis.

---

1. En français dans le texte.

Quelques minutes plus tard, une camionnette se garait devant le café et deux hommes en descendaient.

— Merci beaucoup d'être venus, les accueillit-elle. Vous savez ce que j'attends de vous, n'est-ce pas ?

Durant les heures suivantes, les deux menuisiers (le fils du constructeur du comptoir d'origine, de 1935, et son neveu) se révélèrent d'une grande efficacité. Tout avait été prévu et ils travaillaient vite. Ils commencèrent par ériger une cloison pour couper le café en deux. Passant au milieu du comptoir, elle le partageait en deux parties égales. Ils installèrent ensuite une seconde porte, identique à celle existante. Enfin, ils percèrent une ouverture dans le mur du fond et divisèrent la cuisine.

Ce jour-là, les clients eurent la déception de constater que leur *kafenion* était fermé pour travaux. Maria était là pour leur expliquer la situation.

— C'est la seule solution. Mon cher

Stephanos et moi-même, nous avons toujours veillé à ce qu'il y ait une égalité parfaite entre nos deux fils, leur disait-elle en se signant à l'évocation de son défunt mari. Nous ne manquions jamais de leur distribuer des parts égales : barres chocolatées, oranges, gâteaux… Cela nous a permis d'éviter les disputes par le passé et il semblerait que je doive faire de même aujourd'hui.

Ce soir-là, les deux épouses des menuisiers vinrent apporter leur aide et, tandis que les hommes consacraient leur nuit à peindre le mur de séparation, les femmes répartirent le mobilier. Lorsque les jumeaux reviendraient, ils disposeraient exactement des mêmes choses, jusqu'à la moindre bouteille d'ouzo, tasse à café et petite cuillère.

À six heures, le lendemain matin, tout était prêt. Les garçons avaient promis d'être de retour pour l'ouverture du café, à sept heures trente.

— Vous n'avez pas besoin d'enseignes,

maintenant qu'il y a deux établissements ?
demanda le plus vieux des menuisiers.

Maria secoua la tête.

À leur arrivée – Petros à sept heures et
quart, et Manos quelques minutes plus
tard –, ses deux fils remarquèrent aussitôt qu'il y avait eu du changement.

— Tu as fait installer une nouvelle
porte ! s'exclama Manos.

— Une pour entrer et une pour sortir ? plaisanta Petros.

Maria ne répondit rien et regarda son
fils ouvrir la nouvelle porte. Une fois à
l'intérieur, Petros comprit immédiatement ce que sa mère avait fait.

— Je n'avais pas le choix, affirma-
t-elle d'un ton sans appel. J'ai donc créé
un *kafenion* pour chacun d'entre vous,
afin de rendre la situation équitable.
Votre père aurait approuvé ma décision,
je le sais.

Les jumeaux conservèrent le silence,
cependant la surprise se lisait sur leurs
visages.

— Manos, tu es chez toi, et Petros, c'est à côté, ajouta-t-elle avec autorité, et en suivant l'ordre alphabétique.

Au début, certains clients se montrèrent un peu déconcertés. Ils avaient leurs habitudes au *kafenion* de Kournia depuis presque toujours. Ils se firent rapidement à cette évolution pourtant, et respectèrent la requête de Maria Papadenos en fréquentant alternativement les deux endroits. Celui qui avait coutume de s'installer près de la porte continuait à le faire, mais changeait de porte un jour sur deux.

Durant les premières semaines, ce plan sembla fonctionner à merveille. Maria avait mis une telle précision dans sa réalisation que même l'ombre du platane se répartissait équitablement entre les tables et chaises extérieures. Bien vite, les deux garçons recrutèrent chacun de l'aide.

Un jour, lorgnant vers le *kafenion* de son frère, Petros remarqua quelque chose. Près du verre de Kyrios Vandis se trouvait une petite assiette remplie de tranches juteuses de *loukanika*, cette saucisse des montagnes épicée. Le jus coula sur le menton de l'homme tandis qu'il mordait dans la première rondelle, puis il en embrocha plusieurs autres sur une pique en bois et les enfourna. Il vida ensuite d'une traite sa Mythos. Il sourit lorsque Manos vint débarrasser son verre vide.

— Excellent, approuva-t-il avec un rot de satisfaction. J'en prendrai une seconde.

— Tout de suite, répondit Manos.

Il adressa un signe de tête à son frère, qui suivait la scène les bras croisés. Peu après, Manos ressortit du café avec une bière, à côté de laquelle il plaça une autre petite assiette.

Leur père avait toujours tenu à accompagner les boissons d'une poignée d'amandes ou d'olives (cueillies sur les arbres de leur petite propriété), mais

Manos avait donné une nouvelle dimen-
sion au concept de *mezze*.

« Je vois, songea Petros en observant
la stratégie fraternelle. Petit malin... »

La seconde assiette contenait des
cubes de feta et des morceaux d'*agouri*
pelé, le concombre local ; même à cette
distance, il apercevait les cristaux scintillants qui les parsemaient. Pas étonnant
que Kyrios Vandis soit ferré : le sel lui
donnerait si soif que seule la bière pourrait le désaltérer. Il serait bientôt prison-
nier d'un cycle infernal, qui susciterait
un besoin constant de rafraîchissements.

Quelques jours plus tard, Petros avait
adopté la même tactique, et les à-cô-
tés qu'il offrait à ses clients devinrent
rapidement plus sophistiqués. Poivrons
rouges marinés dans du vin et de l'huile,
bâtonnets de courgette frits saupoudrés
d'origan, minuscules boulettes de viande
servies avec une sauce au yaourt et même
de délicieux petits feuilletés au fromage
local, le *misithra*. Toutes ces merveilles

venaient compléter les différentes commandes, cadeaux de la maison.

Ne s'avouant pas battu, Manos entreprit de copier son frère, plat par plat. Ce n'était pas très compliqué. Il lui suffisait de tendre le bras à travers la frontière invisible entre leurs deux terrasses pour subtiliser, en douce, les restes des clients. Puis il analysait sa prise dans sa propre cuisine.

— Ouzo ! s'exclama-t-il un jour d'un air triomphal devant Magda, la femme qui le secondait. Voilà l'ingrédient secret.

Ayant goûté un petit morceau de feuilleté au fromage trempé dans une sauce au miel, il avait repéré une pointe d'anis, qui relevait à merveille l'alliance subtile de saveurs.

— Pas étonnant qu'ils en redemandent, conclut-il. C'est délicieux… et original.

— Ne t'inquiète pas, Manos, nous trouverons une idée plus innovante, le rassura Magda.

Jusqu'à présent, Manos s'était employé à surpasser les *mezze* que son frère servait avec les boissons alcoolisées. Depuis peu, Petros s'était lancé dans la création de friandises pour accompagner le café. Ce serait une nouvelle façon d'attirer les clients. Il commença par un *loukoumi* saupoudré de sucre glace, afin d'adoucir le breuvage puissant. Les cubes moelleux et fondants, confectionnés par Olga, l'assistante de Petros, étaient presque plus gros que la minuscule tasse.

Ces bouchées sucrées laissaient au consommateur un sentiment de frustration, et l'incontournable seconde tasse était escortée d'un baklava préparé le jour même. Une petite cuillerée de chocolat chaud fondu couronnait le triangle bien régulier.

La compétition battait son plein entre les deux bars, au grand bénéfice des clients, sinon à celui des propriétaires. Dans leurs cuisines mitoyennes, Manos et Petros travaillaient toute la nuit pour

mettre au point les *mezze* les plus savoureux et les *gliko* les plus délicieux.

De semaine en semaine, le nombre de
visiteurs de chaque *kafenion* s'équilibrait
parfaitement.

À l'arrivée de l'été, Petros eut une
nouvelle idée. Sachant que les touristes
appréciaient les cocktails, il se dit que,
s'il pouvait attirer les vacanciers plus
jeunes, il prendrait l'avantage sur son
frère.

Pendant une dizaine de jours, il se
consacra à la préparation et à la dégus-
tation de ses recettes, profitant des
quelques heures de fermeture du café.

Il ne fallut pas longtemps pour que les
résidents des hôtels voisins se passent le
mot, et ils étaient de plus en plus nombreux à venir prendre un verre. Les
voyant attablés devant d'énormes verres
remplis d'un liquide aux couleurs vives,
Manos se livra à son tour à des mani-
gances.

— Ce ne sera pas très compliqué,

dit-il à Magda. Avec des ombrelles en papier et des fruits en morceaux, je pourrai faire la même chose.

Quelques jours plus tard, il avait établi sa propre carte de cocktails. Si Petros avait choisi, pour certaines de ses boissons, des noms suggestifs, comme « Sex on the Beach », Manos y avait été encore plus fort. Il avait vu certaines filles glousser et rougir de plaisir en passant commande. Cette carte-là n'existait qu'en anglais – ainsi, les vieux du village, qui ne parlaient que le grec, ne se sentaient pas insultés, puisqu'ils ignoraient tout de la signification de ces termes libertins.

Petros répliqua en instaurant un *happy hour*, avec toutes les consommations à moitié prix. Ainsi, leur guerre se poursuivit, et les semaines se transformèrent en mois.

Le taux de fréquentation des *kafenion* était toujours équilibré. Les deux établissements prospéraient et chacun de

leurs chiffres d'affaires était supérieur à
celui, global, jamais réalisé par le café.
Maria Papadenos avait beau s'en réjouir,
elle déplorait que la compétition conti-
nue à faire rage entre ses deux garçons,
qu'elle aimait autant l'un que l'autre.
C'était comme un feu qui leur dévorait
le cœur. Ils ne s'étaient pas adressé la
parole depuis le jour où, de retour de la
ville, ils avaient trouvé le *kafenion* coupé
en deux. Elle ne pouvait rendre grâce
que d'une chose : ils avaient à présent les
moyens de louer chacun une maison à
une extrémité du village.

Une fois les touristes partis, et la carte
des cocktails obscènes remisée, Manos
décida de donner un coup de jeune à
son café. Avec l'approche de l'hiver, les
clients passeraient davantage de temps à
l'intérieur.
Lorsque Kyriakos Malkis l'avait
peint, la seule couleur existante était un

crème terne que la nicotine et les années avaient jauni. Manos travailla une nuit. Armé d'un rouleau et d'un énorme pot de peinture blanc mat, il recouvrit le papier peint ornementé et taché. Aussitôt les lieux furent transfigurés. Le bar se teinta, lui, d'un bleu éclatant et Manos entreprit de lui assortir le cadre des chaises, à raison de deux par nuit.

Le résultat fut spectaculaire. On aurait cru que la surface avait doublé. Un jour plus tard, Petros l'imita, mais il choisit un vert menthe pour le bar et les chaises. Aux murs d'un blanc rutilant, il accrocha de belles affiches abstraites.

Si certains, parmi les plus âgés du village, ne goûtaient pas ces innovations, ils excusèrent rapidement ces changements. L'essentiel, à leurs yeux, restait ces délicieux feuilletés aux olives ou ces tendres morceaux de porc fumé qu'ils attendaient désormais avec leurs boissons.

Avril arriva et il y avait maintenant une année entière que les jumeaux ne s'étaient pas parlé. La messe commémorant les deux ans de la mort de leur père eut lieu, et Maria observa ses fils bien-aimés, qui se tenaient côte à côte en silence. Si la mort de son mari ne lui avait pas déjà brisé le cœur, l'acrimonie qui régnait entre les jumeaux y aurait suffi.

Vint mai et ses nuits plus chaudes. Le mois idéal juste avant que ne débarquent les touristes. Un soir, le premier de l'année où tout le monde était dehors, un étranger s'installa sur l'une des chaises fraîchement repeintes en vert, chez Petros. Bien vite, il discuta en riant avec quelques habitués. Un petit étui était appuyé contre son siège.

— Tu joues d'un instrument ? s'enquit quelqu'un.

— Oui, c'est mon gagne-pain. Je ne le laisse jamais hors de ma vue.

L'étranger sortit sa lyre crétoise, régla l'une des chevilles d'un demi-ton et égrena quelques notes.

Tous les clients du bar interrompirent leurs conversations et se calèrent dans leurs sièges, envoûtés par la mélodie. Pendant près d'une demi-heure, le musicien fit glisser son archet d'un accord à l'autre et, lorsqu'il s'interrompit pour prendre une brève pause, il constata qu'il avait été rejoint par deux compagnons : l'un au bouzouki, l'autre au tambour. Avec un sourire, il les entraîna aussitôt dans un air traditionnel connu de tous.

Les gens se mirent à applaudir. Puis les chaises et les tables furent disposées autour des musiciens. Quelques hommes jeunes se levèrent pour danser, formant un cercle, qui tourna lentement d'abord puis de plus en plus vite. La musique ne connaissait aucune limite.

Manos observait l'étranger les bras croisés.

À son arrivée, le musicien avait été un client de Petros, mais à présent Manos n'en était plus si sûr. Il semblait s'être déplacé vers son *kafenion*. Petros l'avait remarqué lui aussi. Bien qu'absorbé par sa musique, le joueur de lyre suivait la scène en souriant. Il avait noté la ressemblance entre les deux propriétaires, que seule la couleur de leur chemise distinguait. Leurs cheveux et leur moustache étaient coupés à l'identique.

Lors d'une respiration entre deux airs, il leva son verre, d'abord à Petros, puis à Manos.

Par cette douce soirée, alors que la musique montait vers le ciel, le cercle de danseurs s'élargit, débordant des limites des deux *kafenion* pour envahir la rue. Les bières glacées et les carafes de raki frais coulèrent à flots toute la nuit et, depuis une fenêtre ouverte du premier étage, Maria Papadenos n'en perdait pas une miette.

Au matin, la fête était finie, le musicien avait repris sa route, et les chaises étaient mélangées. Les bleues se trouvaient à la place des vertes, et inversement. Moins d'une semaine plus tard, le mur de séparation tombait.

Embrasement à Athènes

Cette nouvelle est inspirée par les manifestations ayant eu lieu à Athènes, fin 2008.

Irini pressait le pas dans les rues désertes de Plaka, et ses talons résonnaient sur le marbre lisse. Les clous qui affleuraient sous ses semelles et cliquetaient sur les vieux pavés lui irritaient les tympans, mais elle n'avait pas le temps de se rendre chez le cordonnier en ce moment. Ce n'était pas une journée à porter des baskets, elle avait donc enfilé la seule paire de chaussures élégantes qui allait avec son joli manteau vert.

Dans ce vieux quartier d'Athènes, des présentoirs de cartes postales poussiéreuses avaient été installés sur le trottoir, sortis chaque matin par les marchands optimistes, qui ne semblaient pas avoir remarqué que les touristes étaient rentrés chez eux à présent et qu'ils ne risquaient pas d'en vendre plus de quelques-unes par jour. Ils gardaient leur détermination et continuaient à suspendre dans leur devanture leurs tee-shirts du Parthénon, leurs posters de citations d'Aristote et leurs cartes des îles. Ils prenaient même la peine d'épousseter leurs coûteuses copies de pièces de musée alors qu'ils n'avaient aucune chance de les vendre, bien sûr.

Irini aimait traverser la ville à pied. Athènes conservait l'attrait de la nouveauté pour elle et elle adorait se perdre dans les rues étroites qui la conduisaient au centre, avec ses avenues longues et larges.

Aujourd'hui, on fêtait les Dimitra, et elle allait retrouver sa marraine, qui portait ce prénom, dans l'un des cafés les plus chics d'Athènes, Zonars.

— N'oublie pas de lui acheter des fleurs, lui avait dit et redit sa mère, la veille au téléphone. Et n'arrive pas en retard.

Même s'ils se trouvaient à des centaines de kilomètres de la capitale, à Kilkis, les parents d'Irini réglaient l'existence de leur fille dans ses moindres détails, et Irini, obéissante comme toujours, avait suivi leurs instructions : elle s'était munie d'une composition d'œillets dans un emballage sophistiqué.

Les rues étaient tranquilles ce matin-là, et ce ne fut qu'en apercevant plusieurs groupes de policiers qui traînaient et bavardaient, fumaient et murmuraient dans leurs talkies-walkies qu'elle se rappela pourquoi certaines des artères principales avaient été fermées. Une manifestation était attendue.

La circulation avait été déviée en amont, pour libérer le centre-ville. Il régnait un calme étrange. Pour une fois, le silence n'était troublé ni par des klaxons impatients, ni par des scooters pétaradants, si bien qu'on aurait presque pu entendre respirer les pavés. Les rues étaient rarement aussi vides. Qu'il soit quatre heures de l'après-midi, ou du matin, des files d'automobilistes faisaient vrombir leurs moteurs aux feux, impatients de rentrer chez eux. Seules les manifestations pouvaient suspendre le flot constant de voitures.

Lorsque Irini atteignit sa destination, à Panepistimiou, l'une des longues avenues partant de Syntagma, la place principale d'Athènes, elle perçut un grondement distant. Elle remarqua alors que les policiers se mettaient en marche, écrasant des cigarettes à demi fumées sous le talon de leurs bottines et ramassant les boucliers antiémeutes appuyés contre les vitrines des magasins. Ce son presque imperceptible ne tarderait pas à se transformer en rugissement.

Irini accéléra et, bientôt, elle aperçut le café. Poussant la lourde porte de verre, elle pénétra à l'intérieur. Insensibles au bruit grandissant dans la rue, les clients aisés continuaient à boire leur café, apporté par des serveurs en uniformes.

La *nona* d'Irini, Dimitra, était déjà attablée près de la vitrine, élégante avec son tailleur rouge, ses lourdes boucles d'oreilles en or et sa mise en plis impeccable. Elle fut enchantée de voir sa filleule.

— Tu as l'air en pleine forme ! Et tu es si chic ! s'exclama-t-elle. Tu te plais à l'université ? Et tes parents, ils vont bien? Tes grands-parents sont en bonne santé?

Les questions se bousculaient dans sa bouche.

Les cours n'avaient commencé que depuis quelques semaines, et Irini n'avait pas encore d'avis tranché: il lui fallait s'habituer à cette nouvelle vie, loin de sa morne ville natale dans le nord du pays, et loin d'un père strict qui lui avait dicté le moindre de ses gestes. Elle n'était pas encore entièrement sortie du giron familial, cependant.

— Pourquoi payer un appartement miteux, s'était emporté son père, alors que tes grands-parents ne vivent qu'à une demi-heure de l'université?

Pour cette raison, comme nombre de jeunes étudiants, Irini habitait dans un appartement qu'elle connaissait depuis dix-neuf ans, où des peluches aux couleurs pastel étaient soigneusement alignées sur son oreiller, et où de vieux livres d'images côtoyaient ses manuels de philologie. Le moindre objet, y compris les petits vases remplis de fleurs en soie, était posé sur un napperon en dentelle confectionné par sa grand-mère.

Ses parents devaient déjà se serrer la ceinture pour l'envoyer à l'université, et elle n'avait eu d'autre choix que de voir dans cet arrangement une bonne solution. Son père touchait une pension du gouvernement – ils n'étaient pas à plaindre –, mais toutes ses économies avaient déjà été investies dans les cours particuliers qu'il avait offerts à ses enfants. Comme la plupart des Grecs, sa femme et lui possédaient une ambition dévorante pour leur descendance.

C'était presque douloureux pour Irini de poser les yeux sur la photo de son frère, le jour de la remise des diplômes, qui trônait fièrement au-dessus du radiateur électrique ; elle savait que ses grands-parents attendaient celle d'Irini pour l'installer à côté. Sa grand-mère avait même déjà acheté un cadre identique.

— Pourquoi as-tu autant de photos de nous ? lui avait-elle demandé un jour qu'elles étaient assises autour de la table en acajou de la salle à manger.

— Pour quand tu n'es pas là, lui avait répondu sa grand-mère.

— Mais je suis tout le temps là !

— Pas dans la journée, était intervenu son grand-père. Tu n'es pas là dans la journée.

À cet instant, elle s'était sentie suffoquer, étranglée par l'attention constante que lui portait sa famille.

— C'est formidable, dit-elle pourtant à Dimitra. Je profite de tous les aspects de ma nouvelle vie… Certains sont un peu étranges, mais c'est bien, tout va bien. Je m'y habitue. Les *dolmadakia* de grand-mère sont les meilleurs au monde.

Tous les enfants étaient élevés dans la croyance que les feuilles de vigne farcies de leur grand-mère étaient inégalables, et Irini ne faisait pas exception à la règle. Sa marraine et elle commandèrent leur café *metrio*, légèrement sucré, et accompagné de petites pâtisseries, puis elles discutèrent des cours et du programme.

Depuis leur table, près de la vitrine, Irini avait une bonne vue sur la rue et elle remarqua que plusieurs photographes s'étaient réunis devant Zonars. Comme le défilé approchait, leurs flashs crépitèrent, immortalisant les visages en tête de cortège. Tous espéraient réussir la photo qui ferait la une le lendemain.

Le vacarme extérieur était assourdi par l'épaisse vitre du café, cependant un sentiment croissant de menace s'empara des clients alors que la foule dense, composée d'un millier d'étudiants peut-être, se rapprochait d'un pas régulier, puis les dépassait.

La procession avait entraîné dans son sillage quelques gros chiens pelés. Ils erraient dans les rues, dormaient sur le pas des portes et se nourrissaient des restes des restaurants, sautillaient et aboyaient à la tête du rassemblement.

Certains d'entre eux, ayant été adoptés, étaient retenus par une longueur de ficelle. L'excitation canine donnait à la scène un aspect chaotique.

Les serveurs du café interrompirent leur travail pour suivre le défilé. Leurs tenues soignées et démodées ainsi que les rangées bien régulières de tables brillantes semblaient appartenir à un autre univers que celui dans lequel évoluait la foule désordonnée dont il n'était pourtant séparé que par une vitre.

Le cortège était principalement constitué de jeunes hommes, presque tous vêtus de vestes en cuir, qui portaient la barbe et avaient les cheveux courts. Ils scandaient des slogans de leurs voix graves, mais il était aussi impossible de distinguer les mots qu'ils prononçaient que de déchiffrer les messages sur leurs bannières. Sur certaines d'entre elles, le tissu était déchiré – était-ce accidentel ou voulu ? –, ce qui ajoutait à l'impression générale de violence à peine contenue.

— C'est à cause des réformes de l'éducation, grommela le serveur en réponse à la question de Dimitra, avant de faire tinter la monnaie dans une coupelle métallique.

Irini se sentit un peu gênée d'être assise dans un café aussi bourgeois. Elle était étudiante, elle aussi, pourtant il semblait y avoir un gouffre entre elle et les manifestants. Dimitra remarqua que l'expression de sa filleule avait changé et qu'elle était préoccupée.

— Qu'y a-t-il ? s'étonna-t-elle. N'aie pas peur de ce genre de manifestations. Je sais qu'il n'y en a pas à Kilkis, mais on en voit tous les jours ici. Les étudiants investissent constamment la rue, pour protester contre ceci ou cela.

Elle accompagna ses paroles d'un geste dédaigneux de la main, et Irini sentit qu'un fossé se creusait entre son élégante marraine et elle. Elle lui en voulait de dénigrer les motivations, visiblement profondes, de ces personnes, cependant elle ne souhaitait pas se disputer avec elle.

Le passage du défilé dura quinze minutes, soit le temps nécessaire pour terminer leur second café. L'heure était venue de prendre congé.

— C'était un tel plaisir de te voir ! s'exclama Dimitra. Et merci pour mes fleurs ! Revoyons-nous vite. Et ne t'inquiète pas pour ces étudiants. Il te suffit de garder tes distances.

Alors qu'elle se penchait vers Irini pour l'embrasser, celle-ci respira son parfum de luxe. Une odeur qui vous enveloppait comme une couverture de cachemire. La sexagénaire distinguée traversa la rue précipitamment et se retourna pour agiter la main.

— *Yassou agapi mou !* Au revoir, ma chérie !

Jetant un coup d'œil à droite, Irini aperçut la fin du cortège, qui continuait à cheminer vers le bâtiment officiel, les slogans à peine plus qu'un bourdonnement maintenant. Un instant, elle fut tentée de lui emboîter le pas, mais ce n'était pas le bon moment et elle préféra prendre à gauche dans la rue déserte. La circulation ne reprendrait pas avant une dizaine de minutes et elle en profita pour marcher au milieu de la chaussée, veillant à poser ses pieds sur les lignes blanches. Les feux passaient toujours du rouge au vert, toutefois, pendant quelques minutes, elle fut absolument seule dans cette immense avenue, plus libre qu'elle ne l'avait jamais été.

À plusieurs reprises, cette semaine-là, les amphithéâtres ne furent remplis qu'à moitié : les étudiants séchaient les cours pour descendre dans la rue. Ça semblait si étrange de passer à côté de tout ce savoir quand on venait d'entrer à l'université. Irini comprit cependant que pour beaucoup la politique avait autant d'importance que tout ce qu'ils pouvaient apprendre à la fac. Des milliers de prospectus rouge et noir étaient affichés sur les murs, et leur message répété à l'infini avait presque des vertus hypnotisantes.

— Pourquoi tu ne nous accompagnes pas ? lui demandaient certains.

Du point de vue du père d'Irini, il n'y avait qu'un seul parti politique, une seule vision du monde, et s'élever contre celle-ci, même à l'occasion d'une conversation animée lors d'un dîner, exigeait plus de courage qu'elle n'en avait jamais eu. Les communistes étaient détestés, les anarchistes méprisés. Voilà la position qu'elle n'avait jamais eu le cran de remettre en question. Ainsi ne pouvait-elle pas se joindre au groupe, conséquent, d'étudiants qui abandonnaient souvent les bancs de la fac pour aller brandir, gaiement, leurs banderoles de fortune. Pour eux, c'était un mode de vie, ils ne faisaient que traverser ces couloirs recouverts de graffitis où même les murs prenaient part à la protestation.

Il y avait cependant de nombreux jours et de nombreuses nuits où les manifestations et la politique étaient oubliées ; chaque étudiant, quelles que soient ses opinions, mangeait, buvait, dansait et cherchait l'amour.

Ce vendredi-là, dans un bar du quartier d'Exarchia, Irini croisa une paire d'yeux vert clair. La lumière tamisée accentuait leur pâleur. Elle sourit. C'était plus fort qu'elle : un visage aussi parfait faisait du monde un endroit meilleur. Il lui rendit son sourire.

— Un verre ? proposa-t-il avec un geste.

Le volume des conversations était presque assourdissant. Irini et ses amies se joignirent au groupe du jeune homme et les présentations eurent lieu. Il s'appelait Fotis.

La soirée s'écoula, les bouteilles, autour desquelles s'enroulaient des volutes de fumée, constituaient peu à peu une forêt de verre sur la table. Irini

était heureuse de rencontrer des étudiants d'autres universités, et encore
plus de sentir que l'attention de ce beau
garçon lui était dédiée. Sur une estrade
au milieu de la salle se produisaient des
chanteurs et des musiciens, dont le talent
était à peine reconnu par la masse de
jeunes en effervescence.

À quatre heures, le bar fermant ses
portes, Irini se leva pour partir. Elle
savait que l'un de ses deux grands-parents veillait jusqu'à son retour, et elle
avait ce poids sur la conscience. Sur le
trottoir, cependant, Fotis lui prit la main,
et Irini comprit aussitôt qu'elle ne rentre-
rait pas chez elle cette nuit-là. Elle pressait toujours sa grand-mère de lui faire
confiance : elle était assez grande pour
vivre sa vie. Il lui restait à espérer que la
douce octogénaire prendrait ces paroles
au sérieux.

Près de là, dans un immeuble crou-
lant construit bien avant l'invention
des ascenseurs, Fotis, son colocataire

Antonis et Irini gravirent neuf volées de marches. Les murs étaient tapissés d'un motif aussi fin que de la dentelle ; en l'examinant plus attentivement, la jeune femme vit que celui-ci était constitué d'un millier de lettres minuscules. Comme à l'université, les murs jaunissants du palier clamaient un message politique.

Irini dut se retenir de regarder par-dessus la petite balustrade les profondeurs étourdissantes de l'escalier et fut soulagée quand Fotis ouvrit la porte de leur deux-pièces, où la vaisselle sale s'entassait et traçait un chemin du canapé à l'évier. L'atmosphère empestait le tabac froid, l'appartement ne possédait aucun système d'aération.

Les deux jeunes hommes étaient aussi étudiants. Cependant, la similitude s'arrêtait là. Irini respira l'odeur de la crasse, teintée de l'arôme de la réalité, d'une véritable vie d'étudiant.

Cet endroit privé de fenêtres, bas de

plafond et aux peintures sombres lui sembla bien moins étouffant que son propre domicile, plus spacieux mais insipide. Cette impression se renouvela à chacune de ses nouvelles visites, après une soirée au bar. Ils rentraient toujours avec Antonis, marchant tous les trois de front, Irini entre les deux garçons. À leur arrivée à l'appartement, ils suivaient la même routine. Antonis allumait la télévision, avant de récupérer sa couette sous le canapé, qui deviendrait son lit, et Fotis entraînait Irini vers sa chambre.

Dans les limites étroites du lit, elle se laissait consumer par le feu de la passion du jeune homme. Une passion écrasante et muette. Elle était fascinée par les muscles de son corps mince. Jamais elle n'aurait attendu autant de l'amour.

Pas une fois elle ne vit Fotis pendant la journée. Ils se retrouvaient toujours dans le même bar, bondé la plupart des soirs, puis gagnaient son appartement sombre et son lit. Au contraire de la chambre qu'elle occupait chez ses grands-parents, où un rai de lumière se faufilait par l'interstice entre les rideaux et la réveillait le matin, il n'y avait pas de fenêtre ici. C'était la fraîcheur des draps qui la tirait du sommeil, pas le soleil. Après la chaleur incendiaire et moite de la veille, l'humidité glacée et la solitude la faisaient frissonner. Fotis n'était jamais là.

Les premiers matins, elle était sortie sur la pointe des pieds pour ne pas déranger Antonis. Un jour, pourtant, en ouvrant la porte de la chambre, elle le vit attablé dans la petite cuisine. Au cours de ces semaines de cohabitation, ils avaient à peine échangé un mot. Irini avait perçu la possessivité d'un vieil ami et deviné un soupçon d'hostilité. Elle en était venue à douter de la fiabilité d'Antonis… Pour la première fois, ils se retrouvaient seuls.

— *Yassou…* le salua-t-elle avec chaleur.

Il lui répondit d'un signe de tête et tira longuement sur sa cigarette. Malgré l'heure matinale, il avait allumé la radio et un bouzouki égrenait ses notes métalliques en fond sonore. Il y avait une pyramide de mégots dans le cendrier devant lui, et des cendres pâles saupoudraient le plateau de la table, tel du sucre glace sale.

— As-tu vu Fotis ? lui demanda-t-elle. Tu sais où il est parti ?

Antonis secoua la tête.

— Désolé. Je n'en ai pas la moindre idée.

Avec une lenteur calculée, il sortit une autre cigarette du paquet devant lui et, sans en offrir une à Irini, l'alluma. Il aspira une bouffée profonde, puis posa les yeux sur elle. Elle ne l'avait jamais vraiment regardé. S'il avait la même barbe, le même crâne presque lisse que Fotis, par d'autres aspects il était très différent. Antonis était à la fois plus carré et plus rond, son nez semblait démesurément petit dans son large visage.

— Très bien… dit-elle. Au revoir.

Elle sortit alors dans l'aube pâle et couvrit les quelques kilomètres qui la séparaient de chez elle en frissonnant.

Ses amis la questionnaient sur Fotis, et elle ne voulait rien leur dire. Elle savait seulement que sa passion grandissait de jour en jour et que l'attention qu'il lui prêtait lorsqu'ils étaient ensemble la surprenait autant qu'elle la subjuguait. Elle acceptait que quelques jours puissent s'écouler sans qu'il lui donne de nouvelles, pas même par SMS.

Après une longue période sans le voir, elle tomba sur lui devant l'université. Il lui décocha un immense sourire et la prit par le bras.

— Irini *mou*, mon Irini, où étais-tu passée ?

Désarmée par sa gentillesse, elle se sentit fondre sous la chaleur de sa main. Tandis qu'ils rejoignaient son appartement, plus tard cette nuit-là, il s'arrêta pour allumer une cigarette. Dans la ruelle sombre, la flamme vive du briquet fit danser des ombres sinistres sur son visage. Elle se convainquit que cette vision macabre n'était qu'un mauvais tour joué par la lumière.

Le lendemain matin, à l'aube, elle se réveilla à nouveau dans un lit vide. Et, à nouveau, Antonis montait la garde à la table de la cuisine.

— Aucun de vous deux n'a donc besoin de sommeil ? s'enquit-elle, intriguée par ce mystère. Vous êtes insomniaques ?

— Non, répondit-il. Tu es très loin du compte.

— Très bien. Peu importe de toute façon. C'est juste étrange… très étrange.

Irini s'apprêtait à partir sans attendre, mais Antonis avait quelque chose à lui dire.

— Écoute… fais attention. Fais attention, s'il te plaît.

Son inquiétude, sincère, la surprit tant
qu'elle ne sut comment réagir.

Les cours à l'université étaient de plus
en plus souvent perturbés. Même lorsque
les étudiants venaient assister aux sémi-
naires, il arrivait que les enseignants
ne soient pas toujours là. Et quand ils
l'étaient, ils étaient parfois déçus de voir
que certains avaient fait l'effort de venir.

— Vous ne manifestez pas ? lui
demanda l'un d'eux. Pourquoi ?

Irini n'avait pas de réponse. Il lui semblait plus difficile de justifier quelque
chose qu'elle ne faisait pas que l'inverse.

— Je voulais assister à votre séminaire.

Ce fut la seule explication qui lui vint.
La véritable raison était sa crainte de la
réaction paternelle. Sa déception serait
amère. Et l'inquiétude rendrait sa mère
malade. Littéralement. Irini ne prendrait
jamais le risque de descendre Panepisti-

miou une banderole dans les mains, de peur d'être repérée par sa marraine.

Au cours des dernières semaines, les motivations des protestataires avaient évolué. La police avait abattu un garçon de quinze ans en pleine rue, et l'humeur générale était à l'agressivité. De plus en plus souvent, les amphithéâtres se retrouvaient vidés de leurs étudiants et les rues pleines de manifestants. Les défilés devenaient plus violents. En centre-ville, les rues empestaient le gaz lacrymogène, les boutiques avaient été brûlées et le moindre distributeur de billets avait été arraché, ne laissant qu'un trou noir dans le mur. Toutes les institutions capitalistes devenaient des cibles potentielles et même l'immense arbre de Noël municipal avait été livré aux flammes, devenant le symbole de la colère des étudiants.

Un soir, ralentie par les barricades de police et les déviations, Irini arriva chez elle plus tard que de coutume.

Alors qu'elle traversait le couloir au parquet ciré, elle aperçut, à travers la porte entrebâillée du bureau, son grand-père qui lisait. Il l'appela.

— C'est toi, Irini ? Viens me voir, tu veux ?

À la retraite depuis vingt ans, il consacrait plusieurs heures par jour à lire dans son fauteuil.

— Laisse-moi te regarder, dit-il en la scrutant avec un mélange d'amour et de curiosité. Où étais-tu ?

— Je reviens de l'université…

— Tu passes beaucoup de temps dehors en ce moment. Plus que d'habitude.

— C'est plus compliqué de rentrer avec les manifestations.

— Oui. Ces manifestations… voilà ce dont je veux te parler justement. Nous n'avons jamais vraiment discuté politique ensemble, mais…

— Je n'y participe pas, l'interrompit-elle.

— J'en suis persuadé. Cependant, je connais la réputation de ta faculté, tu sais, et ses idées politiques radicales. Et ton père…

— Je ne suis pas une radicale. Vraiment pas.

Même à distance, elle sentait le regard réprobateur de son père sur elle. Il était sans doute déjà au courant que, souvent, elle ne rentrait pas avant l'aube.

Le journal qui avait été le catalyseur de cette discussion trônait sur le bureau de son grand-père. Le gros titre attira son attention :

LE CENTRE-VILLE BRÛLE

— Regarde ce qui se passe ! s'exclama-t-il.

Il agita le quotidien sous son nez.

— Ces *koukouloforoi* ! Des gosses qui se cachent sous leurs capuches ! Une honte !

Il avait haussé la voix.

— Ce sont des anarchistes !

Le vieil homme si doux perdait rapidement son calme dès qu'il abordait ce sujet. Soudain, quelque chose retint l'attention d'Irini. Deux images en première page : la première d'un arbre en feu, et la seconde d'un manifestant tombant sous les coups de matraque de deux policiers. Si l'anonymat de ceux-ci était garanti – leurs visages étaient dissimulés par les visières bombées de leurs casques –, les traits de leur victime avaient été capturés par le photographe, déformés par un mélange saisissant de douleur et de rage. Si la couleur de ses yeux n'avait pas été aussi originale, et si distinctive, si claire, l'image n'aurait pas exercé une telle attraction sur Irini.

Elle prit le journal des mains de son grand-père. Ses doigts tremblaient et son cœur battait la chamade. C'était Fotis. C'était lui, sans le moindre doute. Ce qui la choqua fut la torche embrasée dans

son poing. Celle-ci rendait le travail de la
police bien plus périlleux : de toute évidence, ils craignaient de prendre feu. Le
cliché montrait bien que les articulations
de Fotis étaient blanches tant il serrait
son arme avec détermination. Il ne la
lâcherait pas.

— Tu vois bien ! lui dit son grand-
père. Regarde-moi ce voyou !

La langue d'Irini lui répondait à
peine.

— C'est affreux, oui... affreux,
murmura-t-elle.

Sur ce, elle reposa le journal sur le
bureau de son grand-père.

— Je vais sortir un moment, annonça-
t-elle. Je te dis à plus tard.

— Mais ta grand-mère a préparé à
dîner...

Il n'avait pas terminé sa phrase que la
porte claquait déjà.

Irini descendit la rue en courant,
tourna à gauche, puis à droite, et encore
à droite. Cette fois, ses pieds ne faisaient

aucun bruit sur les pavés de Plaka. Vingt minutes plus tard, elle arrivait, la poitrine serrée par l'effort, dans une ruelle familière et miteuse du quartier d'Exarchia. La porte de l'immeuble était entrouverte. La serrure était cassée depuis un moment et personne n'avait pris la peine de la réparer. Elle gravit les marches deux par deux et, arrivée au neuvième étage, se jeta sur la porte de Fotis, où elle tambourina de toute la force qu'il lui restait.

Une seconde plus tard, Antonis lui ouvrait.

— Où… haleta-t-elle.

— Il n'est pas là, répondit-il en s'effaçant pour lui permettre d'entrer.

Dans la panique et la confusion, Irini n'envisageait qu'une alternative : Fotis était soit enfermé, soit à l'hôpital. Il lui fallut un moment pour comprendre ce qu'Antonis essayait de lui dire :

— Il est parti. Loin d'ici.

— Quoi ? Où ça ?

— Écoute, assieds-toi, je vais t'expliquer.

Elle laissa Antonis lui prendre le bras pour la conduire à la table de la cuisine, où elle s'installa sur l'une des deux chaises bancales.

Devant elle, sur la table de la cuisine, était étalée une série de coupures de journaux.

— Qu'est-ce que c'est ?

— Je les ai trouvées dans la chambre de Fotis il y a deux jours.

— Mais que faisaient-elles là ?

— Il les gardait. Je le connais depuis un moment, pourtant…

— Pendelis… Areopolis… Artemida… Kronos…

En lisant ces noms à voix haute, elle devina immédiatement le lien qui unissait ces lieux.

— Le feu… Ils ont tous été détruits par des incendies.

— Pas seulement, souligna Antonis.

90

Chaque fois, on a soupçonné un acte criminel.

— Et tu penses que Fotis pourrait avoir un rapport avec…

— À ton avis ? Je suppose que la photo en couverture de *Kathimerini* ne t'a pas échappé ?

— Celle où il tient une torche ? En effet…

— Et viens voir ça.

Antonis l'entraîna vers la chambre de Fotis. Dès qu'il ouvrit la porte, une odeur âcre étouffa Irini. Au centre de la pièce, une petite pile de vêtements et de papiers avait été brûlée. Les meubles étaient noircis et les draps encore trempés : dans l'affolement, Antonis s'en était servi pour éteindre les flammes.

— Mon Dieu ! Il aurait pu mettre le feu à l'immeuble tout entier !

— Si je n'étais pas rentré…

— Comment a-t-il pu ? demanda-t-elle, la gorge desséchée par la stupéfaction et la fumée résiduelle.

— Je ne crois pas qu'il connaisse la culpabilité, répondit Antonis. C'est le propre des criminels. Il ne pensait pas aux conséquences…

À nouveau, elle observa la photo en une du journal et détailla les traits familiers. Toutes ces semaines, elle n'avait remarqué que leur perfection ; à présent, déformés par une fureur dévorante, ils trahissaient l'expression diabolique qu'elle avait entraperçue dans une ruelle, cette fameuse nuit. À cet instant précis, la flamme de la passion s'éteignit. Au simple souvenir de celle-ci, un souffle glacé la transperça en plein cœur.

En grec, le prénom « Irini » signifie « paix » et « Fotis », « feu ».

Le cœur d'Angeliki

Dans une banlieue de Melbourne, un jeune homme défaisait ses valises. Il récupéra deux petits objets tout au fond, retira les différentes couches de papier qui les enveloppaient et les plaça délicatement sur son bureau. À l'exception d'un porte-clés à l'effigie du Parthénon, cadeau de sa tante, ils étaient ses deux seuls souvenirs de Grèce. Les figurines, représentant un ours et un aigle, étaient parfaites jusque dans le moindre détail et il les chérirait toujours.

À l'autre bout du monde, Sofia voyait sa fille avancer, tout en blanc, radieuse, un sourire angélique aux lèvres.

Cette vision n'avait rien d'exceptionnel, elle était même quotidienne. Angeliki travaillait avec sa mère dans le *zacharoplasteion* familial et, chaque fois que Sofia l'apercevait dans les allées de la pâtisserie, entre les présentoirs remplis de pain, elle se demandait : « Combien de temps encore ? Combien de temps avant qu'elle ne se marie ? »

La peau de sa fille était aussi lisse et dorée que les miches de pain, et même lorsqu'elle plongeait des cerises ou des amandes dans leur glaçage au chocolat, elle réussissait à conserver la blancheur immaculée de sa blouse. Elle n'avait aucun défaut, et sa mère ne s'expliquait

pas pourquoi une jeune femme comme
elle, plus douce qu'un gâteau, plus parfaite que ses baklavas les plus réussis,
semblait avoir été oubliée dans la boutique tel un biscuit de l'an passé.

Angeliki avait vingt-neuf ans à présent. Toutes ses camarades d'école étaient
mariées depuis longtemps. Toutes les
filles des amies de Sofia, et même toutes
leurs nièces, avaient accompli le périple
sacré autour de l'autel.

Sofia avait retroussé ses manches
pour pétrir le pain. Elle jeta une énorme
boule de pâte sur le plan de travail en
bois, puis en replia les extrémités,
encore et encore, étirant et travaillant le
mélange élastique de farine et de levure.

— Nous avons reçu une invitation
aujourd'hui, annonça-t-elle à sa fille.

— Bonne nouvelle, répondit Angeliki. Chez qui ?

— Katerina et Mihalis. Ils baptisent
leur fils.

— Katerina et Mihalis ? murmura

Angeliki sans s'interrompre dans sa tâche – elle enveloppait chaque cerise dans un papier argenté.

— Tu sais bien ! répliqua Sofia avec irritation. La fille de la cousine issue de germain de Maria, et son mari. C'est leur troisième.

Du temps passa avant que la jeune femme ne réponde. Elle entendait parler d'un si grand nombre de personnes par sa mère qu'elle ne savait absolument pas qui était cette fameuse Maria. Il devait bien y en avoir une quarantaine.

— Leur troisième cousine ? demanda-t-elle d'un ton encore plus détaché que précédemment.

— Leur troisième enfant, Angeliki ! Enfant !

— C'est gentil.

— Qu'est-ce que ça veut dire, « c'est gentil » ?

— C'est gentil de t'avoir invitée.

Angeliki savait aussi bien que sa mère que plus de cinq cents invitations avaient dû être envoyées. Les gens avaient pour habitude de convier même les parents les plus lointains et les connaissances les plus vagues aux mariages et aux baptêmes. Sofia trahit son agacement d'un claquement de langue. Malgré l'amour qu'elle portait à sa fille unique, elle était parfois débordée par la frustration que celle-ci lui causait.

— Katerina n'a que vingt-huit ans. Et trois enfants de moins de trois ans !

— Ça doit lui donner beaucoup de travail.

Ce n'était évidemment pas la réponse que Sofia attendait.

— Ce n'est peut-être pas de tout repos, *agapi mou*, mais c'est aussi une grande bénédiction, et une grande réussite, d'avoir donné aussi jeune le jour à trois enfants.

Angeliki, si calme d'habitude, mordit dans la dernière cerise du plateau et laissa le jus lui couler sur le menton.

— En quoi est-ce une réussite ? Faire

des enfants n'est pas plus compliqué qu'écrire un message sur un gâteau, à ce que j'en sais. Les gens se contentent de suivre la nature.

— Il semblerait que tout le monde ne suive pas sa nature, si ? rétorqua Sofia avec aigreur.

La fille et la mère se disputaient souvent sur ce thème. Si ces querelles pouvaient être provoquées par différentes choses, la question sous-jacente restait toujours la même : pourquoi Angeliki n'était-elle pas comme les autres ? Pourquoi n'était-elle pas mariée ?

Elle était, sans le moindre doute, plus belle que la plupart des autres filles de Larnapoli. En été, les touristes du complexe hôtelier voisin venaient parfois en ville, et Sofia savait que nombre de garçons étrangers avaient abordé sa fille, après l'avoir repérée à travers la vitrine de la pâtisserie. Elle déclinait toujours leurs propositions. Elle disait non à tous. À ce qu'en savait sa mère, elle avait passé sa vie à garder ses distances avec le reste du monde.

Larnapoli était une ville animée où la plupart des habitants se connaissaient et où beaucoup possédaient un lien de famille. Pour l'essentiel, les camarades d'Angeliki avaient épousé des garçons de leur classe, et les couples avaient commencé à se former des années plus tôt. Il était rare que de nouveaux venus s'installent en ville, qui n'avait pas grand-chose pour les attirer.

Quand elle eut terminé d'emballer les cerises, Angeliki aida sa mère à pétrir le pain. Sofia aplatit la masse d'un jaune luisant et y enfonça un énorme couteau pour la séparer en deux.

Des nuages de farine s'échappèrent du sac où elle avait plongé ses mains pour que la pâte ne s'y accroche pas. Sofia s'employa alors à travailler le pain de tout son poids. C'était une femme puissante, pas très grande mais sans doute deux fois plus large qu'Angeliki. Sa fille

avait hérité de son défunt père une ossa-
ture fine. Sofia passait toute sa frustration sur la pâte, ce qui expliquait sans
doute pourquoi le pain des Papalenou
était le plus réputé de Larnapoli. Pour
être bien aérée, la mie exigeait une force
quasi masculine.

Angeliki n'avait pas la constitution
nécessaire, et Sofia savait que lorsque les
miches sortiraient du four, elle pourrait
les distinguer sans difficulté. Celles de
sa fille manquaient de conviction, source
d'agacement quotidien pour elle.

— Pourquoi tu n'irais pas plutôt t'occuper des commandes de pâtisseries,
suggéra-t-elle d'un ton sec. Kyria Kalo-
baki ne va pas tarder à venir chercher la
sienne, commence par celle-ci.

Impossible de trouver à redire sur
les talents de décoration d'Angeliki. À
partir d'un mélange d'eau et de sucre,
elle traçait des messages d'une écriture
précise et élégante. Elle aurait pu rédi-
ger des chapitres entiers de livre sur un

gâteau, et chaque mot aurait été lisible. Elle avait une dextérité remarquable pour tout ce qui requérait légèreté et doigté.

Pour Sofia Papalenou, le défilé des spécialités accompagnait le passage des saisons : au printemps, il y avait les biscuits du carême et les brioches de Pâques ; puis venait l'été, saison des mariages, avec ses pièces montées et ses beignets trempés dans du miel, les *kserotigano*, qu'on distribuait lors des noces. En août, elles confectionnaient leurs propres glaces, proposant une gamme de parfums incroyables. Arrivait ensuite l'automne, avec son cortège de gâteaux traditionnels pour célébrer les fêtes des saints, Stavros, Elpida et Thomas étant des noms très populaires dans cette ville. Leur succédaient les spécialités de la Saint-Nicolas, début décembre, avant la frénésie de Noël et, enfin, la période de la *vassilopita*, ce gâteau du Nouvel An, qui ne manquait pas de lui rappeler que douze nouveaux mois s'étaient écoulés et que sa fille était encore seule.

Si chaque commande passée contribuait à remplir la caisse de Sofia, elle participait aussi à entamer ses espoirs. Il y avait peut-être beaucoup de douceurs dans sa vie, mais elles ne parvenaient pas à en masquer toute l'amertume.

Angeliki savait que son célibat contrariait sa mère au point que cela virait à l'obsession. Pourtant, au contraire de ses anciennes camarades de classe, la jeune femme préférait attendre éternellement plutôt que transiger. Si seulement sa mère acceptait l'idée que sa fille employait son perfectionnisme à toutes les dimensions de son existence, et pas seulement à son travail, les choses seraient plus simples.

L'an passé, il s'était produit un événement que sa mère n'aurait jamais compris. Un de ces instants clés qui changent tout.

Un inconnu était entré dans la pâtisserie. Âgé de vingt-cinq ou trente ans, il
aurait été qualifié de «jeune débraillé»
par Sofia, si elle avait été présente.
Celle-ci l'aurait servi sans lui prêter la
moindre attention. Aux yeux d'Angeliki,
en revanche, il ne ressemblait à aucun
des clients qu'elle était habituée à servir.

La plupart des habitants de Larnapoli
semblaient mener une existence sinistre.
C'était en tout cas l'impression d'Angeliki, qui les voyait aller et venir depuis
presque toujours, la mine renfrognée.
Beaucoup entraient sans un mot, chaque
jour, et échangeaient quelques pièces
contre les mêmes gâteaux, dans une
transaction muette.

Elle savait que sa mère avait depuis
longtemps renoncé à recevoir des
louanges pour la légèreté de sa génoise
ou l'onctuosité de son gâteau au chocolat. Les gens venaient chercher leur
dose de sucre sans apprécier le travail
accompli, même pour les petits-fours

secs les plus simples, et Angeliki déplorait souvent que les heures d'application
minutieuse soient dévorées en quelques
secondes.

La jeune femme se rappelait ce jour
comme si c'était la veille. Une poignée
de minutes avant l'arrivée de l'inconnu,
elle était sortie de la cuisine avec du
pain frais et avait entrepris de ranger les
miches sur les présentoirs. Elle se tenait
donc dos à la porte lorsque celle-ci s'ouvrit, toutefois elle avait pu l'observer
tout son saoul, car le mur était tapissé de
miroirs. Il avait flâné dans la boutique,
jetant des coups d'œil dans les vitrines
réfrigérées, étincelantes, étudiant, et
même admirant, la variété de friandises
proposées.

Il n'était pas grand – à peu près de la
même taille qu'elle, un mètre soixante-
dix peut-être –, de carrure moyenne et il
avait de beaux cheveux noirs et soyeux
qui effleuraient son col. Il avait une
barbe très courte, qui semblait davantage

une conséquence de sa paresse à se raser
que le fruit d'une décision réfléchie, et
portait un tee-shirt délavé sur un jean.
De toute sa vie, Angeliki n'avait pas vu
sur un visage une telle alliance de gentillesse et de beauté. C'en était presque
troublant.

— Bonjour, qu'est-ce que je vous sers ?
s'enquit-elle avec politesse, s'efforçant de
ne pas le dévisager.

Elle avait la bouche sèche.

— Je voudrais des tartelettes, s'il vous
plaît. À quoi sont-elles ?

Tandis qu'elle lui décrivait en détail
les différents parfums, il hochait la tête
d'un air connaisseur.

— Je vais en prendre une de chaque,
je crois. Ça fera une douzaine, non ?

— Dix plus exactement. Il y a dix
variétés.

Elle déplia une boîte, et il remarqua
qu'elle avait les mains tremblantes.

— Je peux vous aider ?

Elle avait beau avoir déjà utilisé ces

boîtes un millier de fois, elle semblait avoir oublié comment les manier. Tout à coup, elles lui paraissaient plus complexes qu'un pliage d'origami.

— Non, vraiment… Tout va bien. Je vous assure.

Malgré son embarras, elle leva les yeux sur lui. Les siens étaient aussi noirs que de la réglisse.

— J'ai travaillé dans une boulangerie autrefois. Elle appartenait à mon grand-père. Je n'ai jamais été très adroit avec ces boîtes, dit-il en riant. Et c'était encore pire quand il s'agissait de mettre le ruban.

Angeliki se détendit.

— Vous êtes charmante.

Il y eut un petit silence lorsqu'elle comprit qu'il flirtait avec elle.

— Et où était le *zacharoplasteion* de votre grand-père ? demanda-t-elle avec un sourire.

— À Kalamata. Malheureusement, il

a été vendu il y a quelques années. Mais il n'arrivait pas à la cheville du vôtre.

L'une des tartelettes se renversa dans la boîte. L'émotion la rendait maladroite.

— Oh, je suis confuse ! s'exclama-t-elle. Je vais recommencer.

— Non, non… Ça ne me dérange pas. Elle aura le même goût, de toute façon. Ça n'a vraiment aucune importance.

Il la regarda s'affairer. Après qu'elle eut rempli une boîte de tartelettes, il choisit des biscuits, puis demanda une douzaine de cerises enrobées de chocolat. Il l'interrogeait sur la composition des différentes spécialités, et elle sentait que son intérêt était sincère.

— Et pourrais-je avoir un ours aussi ?

— Un de ceux en pâte d'amandes ?

— Oui. Ils me rappellent ceux que ma grand-mère confectionnait. Je peux le manger maintenant ?

Elle sortit un ours de l'armoire réfrigérée et le plaça sur une serviette en papier avant de le lui tendre. Il l'examina attentivement.

— C'est incroyable ! Ceux de ma grand-mère n'ont jamais été aussi raffinés. Vous avez même réussi à recréer la matière de la fourrure !

Pour chaque animal, Angeliki avait soigné, avec adresse, le moindre détail. Les chats avaient des moustaches, et les oiseaux des plumes.

— Ce n'est pas si difficile, répondit-elle en rougissant.

— Oh, mais si, c'est merveilleux. Trop beau pour le manger. Je vais le poser sur mon bureau.

Angeliki éclata de rire, et il l'imita.

— Je vais vous le mettre dans une boîte, alors, dit-elle.

Elle ajouta un second animal en pâte d'amandes.

— Comme ça, il ne se sentira pas seul, expliqua-t-elle.

La boîte rejoignit les trois autres, à la

caisse, soigneusement fermée par du bol-
duc.

— Je vous remercie beaucoup, made-
moiselle. Combien vous dois-je pour
toutes ces œuvres d'art ?

— Dix euros cinquante, répondit-elle,
donnant le premier chiffre qui lui passait
par la tête. La maison vous offre les animaux.

— C'est trop gentil. Je vous promets
de bien veiller sur eux.

— Vous devez les manger !

— Jamais. Je mangerai tout le reste,
mais pas ces deux animaux. Ce serait
vous faire insulte ! Ce sont de véritables
petites sculptures. Des chefs-d'œuvre !

Son rire et sa générosité boulever-
sèrent Angeliki. Pendant cinq ans, elle
avait travaillé ici tous les jours, et pas une
seule fois elle n'avait servi un client qui
l'avait fait sourire de la sorte. Elle avait
l'impression que toutes les glaces de la
vitrine réfrigérée risquaient de fondre
devant tant de chaleur. Non seulement il

portait un intérêt émerveillé au contenu de la pâtisserie, mais il lui offrait son sourire, le sourire sincère d'un amoureux de la vie. Elle n'avait jamais rencontré personne d'aussi détendu et à l'aise.

Angeliki compta lentement la monnaie tout en la déposant dans la paume du jeune homme, consciente de tout faire pour retarder son départ.

Alors que la dernière pièce de vingt centimes tombait dans sa paume, elle releva les yeux et surprit son regard sur elle. Elle le soutint. Cela ne dura sans doute pas plus d'une seconde ou deux, pourtant elle eut un sentiment de plénitude. Elle avait le sentiment que plus rien ne lui manquait.

Il était clair qu'il n'avait aucune envie de s'en aller, et elle perçut son hésitation quand il ouvrit la porte.

— Au revoir, dit-il. Et encore merci pour tout.

Le panneau de verre se referma derrière lui. Il s'arrêta sur le seuil de la boutique, semblant avoir oublié quelque chose. Puis il se retourna, agita la main et s'éloigna.

La moindre parcelle d'Angeliki désirait lui courir après, pourtant il y avait un gouffre béant entre l'instinct et la raison.

Ce fut tout. Le visage du jeune homme était resté gravé dans sa mémoire, chaque trait, chaque détail. Angeliki avait l'impression que quelques minutes seulement s'étaient écoulées depuis le moment où il avait marqué un arrêt devant le *zacharoplasteion* avant de disparaître à sa vue. Pas un jour ne s'écoulait sans qu'elle ne pense à lui. Le souvenir de son sourire ne s'estompait pas.

Il n'était qu'un client de passage, sans doute venu rendre visite à un ami ou un parent dans un village voisin, et il s'était arrêté pour ne pas arriver les mains vides. Il n'en restait pas moins que cette rencontre avait à la fois empli et vidé Angeliki. Personne, avant ou depuis, ne l'avait remuée ainsi.

Certains se demandaient si elle avait été blessée pour rejeter ainsi tous ceux qui lui faisaient la cour. Angeliki, elle, savait que son cœur avait été chaviré, pas brisé.

Le *periptero*

C'était l'heure silencieuse. Le vent était tombé, la circulation avait cessé, les piétons s'étaient volatilisés. Difficile de savoir si les chiens errants, immobiles dans l'ombre, étaient vivants ou morts. Les mouches semblaient les seules créatures vivantes, voletant constamment d'un animal à l'autre.

Les boutiques se cachaient derrière

leurs rideaux de fer, tous défigurés par des graffitis. De temps à autre, un message d'amour se nichait au milieu de tous les épanchements de colère contre les politiciens et le monde. À cette heure du jour, la rue évoquait une galerie d'art abstrait. Sans visiteurs. Seule une « œuvre » proposait un message clair : *La faim fait mal.*

Panopoli était une ville typique du nord de la Grèce. En été, il n'y avait pas un seul touriste, mais la présence du soleil, elle, était implacable. Une enfilade d'arbres, de part et d'autre de la rue, protégeait les piétons de la chaleur, ce qui n'empêchait pas la plupart d'entre eux de rester chez eux l'après-midi, pour se reposer dans le calme et l'obscurité de leurs appartements, avant de se traîner dehors et d'affronter la deuxième partie de leur journée de travail, dans la fraîcheur. Tout était barricadé à cette heure, à l'exception du *kafenion* sur la grande place et du *periptero* à l'extrémité de la rue.

Le periptero

Ce kiosque à journaux, tenu par Giorgos Kazaras, était ouvert dix-huit heures par jour depuis qu'il avait obtenu sa licence, à la fin des années cinquante. À cette époque, il s'agissait d'une simple cahute de bois étouffante avec un petit guichet sur le côté, par lequel les clients payaient, et où l'on ne vendait que des cigarettes et des bonbons. Peu à peu, au cours du demi-siècle suivant, il avait étendu son empire dans les deux directions. La première innovation radicale avait été l'acquisition d'un réfrigérateur pour les boissons fraîches, puis avait suivi un congélateur pour les glaces. Ensuite étaient venus les paniers remplis de jouets en plastique, les croissants qui ne durcissaient pas, les sachets de chips et les paquets de biscuits. Sur le comptoir, il présentait aussi des produits indispensables comme du dentifrice, des chewing-gums et des préservatifs, ces derniers facilement accessibles depuis la rue pour que les clients n'aient pas à les réclamer.

De surcroît, il possédait un système de présentoirs en expansion constante sur lesquels on trouvait toutes sortes de journaux et de magazines. Les habitants de ce petit village reculé et tranquille étaient avides des paillettes de la presse athénienne, et les publications aux couleurs vives disparaissaient des rayons de Giorgos quelques heures après leur arrivée.

Par ces après-midi léthargiques, dans des pièces assombries, des femmes feuilletaient avec paresse les pages de papier glacé et rêvaient de rencontres avec des célébrités. Du haut de ses vingt et un ans, la fille de Giorgos, Andriani, était une consommatrice particulièrement insatiable de cet étalage de glamour. Elle n'était jamais à court de lecture – son père l'autorisait à regarder tous les magazines qu'elle voulait tant qu'elle lui rendait des exemplaires impeccables, qu'il pouvait ensuite mettre en vente –, et elle parcourait déjà ces articles fascinants bien avant de savoir lire.

Jusqu'à sa mort, l'année des quinze ans d'Andriani, Litsa Kazaras, infirmière à temps partiel, avait livré une bataille perdue d'avance contre sa fille, pour la contraindre à lire des livres plutôt que ces magazines sans intérêt.

— Ces images idiotes ramollissent le cerveau, se plaignait-elle à son mari. Je ne vois aucun inconvénient à ce que tu gagnes ta vie avec, mais je refuse de sacrifier l'intelligence de notre fille.

Depuis le décès de sa mère, Andriani n'avait pas ouvert un seul livre, même de poche. Il lui suffisait de regarder les photos de splendides blondes au bras de leurs fiancés bronzés pour avoir l'illusion furtive que sa propre vie était plus animée. Naturellement, elle rêvait d'être plus belle, plus riche, et célèbre, elle rêvait de vivre ailleurs qu'à Panopoli, mais ces clichés suscitaient aussi des aspirations matérielles plus réalistes.

Une boutique de mobilier venait d'ouvrir dans les faubourgs de la ville, en face de la station-service. Andriani s'y rendait souvent pendant que l'employé remplissait le réservoir de sa petite voiture. Elle pressait son nez contre la vitrine et son souffle laissait une marque sur le verre. L'immense espace d'exposition présentait des canapés coûteux aux couleurs vives, des tables, des chaises, ainsi qu'une sélection de luminaires, principalement des lustres en cristal. L'ensemble des produits, importés d'Italie, brillaient de mille feux, excitant le désir, et les différentes gammes portaient des noms inspirés de Hollywood : la « Beverly Hills », la « Bel Air », la « Mulholland Drive ». Chaque article semblait tout droit sorti des pages de *Hello !*

Ayant grandi dans un appartement où le mobilier, acquis dans les années cinquante, n'avait jamais été remplacé, Andriani n'avait connu que le synthétique, souvent caché sous des jetés au crochet et des têtières en dentelle. Elle s'était ainsi convaincue que l'ensemble de salon en cuir rouge capitonné – composé d'un canapé et d'une paire de fauteuils –, qui trônait dans la vitrine de *Spiti Sou*, Votre Maison, changerait son existence.

Elle le décrivit en détail à son père.

— *Baba*, pleurnicha-t-elle, pourquoi ne peut-on pas avoir un salon comme celui-là ? Le nôtre est si démodé...

— Tu pourras avoir ce que tu veux si nous te trouvons un homme riche à épouser, répliqua-t-il d'un ton sec. Pour l'heure, nous devons nous contenter de ce que nous avons. Je ne vois pas le problème avec ces meubles. Ils convenaient à ta mère, et c'est bien l'essentiel.

L'attention qu'Andriani portait à la vitrine n'avait pas échappé au propriétaire de la boutique, Takis Stakakis. Chaque fois qu'un client potentiel s'attardait sur son mobilier, il l'étudiait, dissimulé dans l'ombre derrière son bureau. Il pensait pouvoir estimer les chances qu'une personne franchisse la porte rien qu'à voir sa voiture. Si un passant entrait, il se fiait à la marque de son parfum, ou de son après-rasage pour estimer les probabilités qu'il dépense de l'argent. S'il portait du Gucci, Takis était sûr d'encaisser un chèque le soir même. Par définition, ses clients devaient être des gens possédant à la fois de l'argent et des goûts ostentatoires, comme lui.

Andriani était plutôt jolie, avec ses grands yeux marron et ses longs cheveux noirs épais, qu'elle bouclait chaque matin au fer. Alors qu'elle s'attardait plus d'une heure devant le miroir avant de partir pour son emploi à mi-temps dans la banque de la ville, elle ne remarquait pourtant pas que ses vêtements étaient devenus un peu serrés pour elle. Associés à ses lèvres pulpeuses, sur lesquelles elle appliquait un rouge à lèvres aussi

vermillon que les meubles qu'elle convoi-
tait, ils lui donnaient une allure qui agui-
chait les hommes de la trempe de Takis.
Depuis son poste privilégié dans la boutique, il pouvait l'observer à loisir. Le
haut en Lycra et le pantalon d'Andriani
épousaient les formes de son corps, un
peu comme le cuir tendu sur le rem-
bourrage des fauteuils. Chaque courbe
généreuse était soulignée.

Un jour, il s'avança jusqu'au seuil de la
boutique et l'invita à entrer. Les reflets
sur la vitrine lui assuraient d'être parfaitement dissimulé dans la pénombre de
son antre, et son apparition inattendue
surprit Andriani.

— Je vous en prie, lui dit-il, ça ne
coûte rien de venir regarder de plus
près. Et je ne facture pas non plus les
essayages.

Elle hésita un moment en rougissant,
tandis que Stakakis continuait à lui débi-
ter son boniment de vendeur.

— Vous n'aurez à payer que si vous

voulez rapporter un meuble chez vous. Et je fais en général une remise aux femmes qui ont de beaux yeux.

Andriani gloussa. Où était le mal ?

Bientôt, elle était perchée sur le canapé en cuir rouge. Elle croisa les jambes, adoptant une pose sophistiquée de star, de celles qu'elle avait si souvent vues dans les magazines.

— Oh, il est si joli, roucoula-t-elle.

— Vous semblez tellement dans votre élément, la flatta-t-il. Pourquoi n'en essaieriez-vous pas d'autres ?

Il devinait, à la petite voiture cabossée garée juste en face, à la station-service, que cette fille ne serait jamais une cliente, cependant il n'avait vu personne aujourd'hui et il devait entretenir son baratin de vendeur. Il savait que les femmes prenaient les décisions à la maison et que la plupart des hommes n'avaient aucun avis sur la nécessité de remplacer un canapé ou sur l'importance d'avoir huit chaises plutôt que six autour d'une table. La vente de mobilier et la flatterie allaient de pair.

Jusqu'à présent, elle avait évité de croiser son regard, mais à présent qu'il s'était installé en face d'elle, sur le fauteuil assorti au sien, elle l'observait à travers ses cils épais.

Stakakis était mince et portait un costume bien coupé, d'élégantes chaussures en cuir qui donnaient l'illusion de pieds plus longs et plus fins qu'en réalité, ainsi qu'une chemise bleu pâle ouverte jusqu'au quatrième bouton. Andriani pouvait apercevoir une lourde chaîne en or qui luisait à son cou. Ainsi qu'elle le dirait plus tard à ses collègues de la banque, il était, sans le moindre doute, «sexy». Elle avait omis de remarquer que les poils grisonnants sur son torse bronzé contredisaient le noir de jais de ses cheveux.

Une demi-heure s'écoula avant qu'elle ne se rende compte qu'elle devait partir, ce qui avait laissé à Stakakis le temps de l'inviter pour un verre. Elle rougit de nouveau, prenant presque la teinte du canapé, au moment d'accepter sa carte de visite.

Plus tard cette semaine-là, Stakakis vint la chercher dans sa Porsche Cayenne pour l'emmener boire le verre promis. Le week-end d'après, il l'enlevait pour passer la journée dans un hôtel d'une ville voisine. Il fit de même les semaines suivantes. Andriani s'amusait comme jamais. Elle avait enfin ce dont elle avait toujours rêvé : un homme qui l'emmenait dans des endroits où l'on trouvait des meubles en cuir blanc, qui avait accès aux carrés VIP et qui ne la laissait pas payer ses mojitos. Elle prit rapidement l'habitude d'être abandonnée une demi-heure, de temps à autre. Pendant que Stakakis se rendait à un « rendez-vous d'affaires » expédié, Andriani en profitait pour retoucher son maquillage.

Son père désapprouvait grandement

ces sorties. C'était une petite ville, et les commérages allaient bon train. Takis Stakakis était un étranger. Il n'était pas né à Panopoli et il n'y vivait même pas. Personne ne savait rien sur lui, ce qui en faisait un objet de méfiance. De mémoire générale, il n'avait jamais franchi le seuil d'une boutique en ville. Et on ne l'avait jamais vu au *kafenion*. Il était venu quatre ou cinq fois au *periptero*, mais il était toujours pressé et garait son énorme voiture noire à côté du kiosque, laissant tourner son moteur le temps de faire un saut et d'acheter ce qu'il lui fallait, en général un paquet de Rothmans Royals et des pastilles à la menthe. Quelques secondes plus tard à peine, il redémarrait en trombe. La seule chose que Giorgos ait remarquée à son sujet était la montre de luxe qui dépassait des manchettes rigides de sa chemise et l'odeur capiteuse d'après-rasage qui l'accompagnait.

Le kiosquier avait bien compris que sa

fille était amoureuse. Enfermé toute la journée, et une partie de la soirée, dans son *periptero*, il ne la voyait pas souvent. Pourtant, chaque fois qu'elle passait le voir, en rentrant du bureau, avant d'aller préparer le dîner, elle souriait. Il ne se souvenait pas de l'avoir jamais vue ainsi, même avant la mort de sa mère.

— Il est très gentil, *baba*, le rassurait-elle, percevant sa réprobation et désireuse de le gagner à sa cause. Et il m'emmène dans des endroits si chics…

— Où sont-ils, ces endroits? demandait Giorgos en sortant le nez de son journal.

— Un peu partout. À Varakis. Et même à Larissa.

— À Larissa? Ça me semble un peu loin pour la soirée.

— Rien n'est très loin en Cayenne, fanfaronnait-elle.

Elle ne cachait pas sa fierté de fréquenter quelqu'un qui possédait une voiture pareille. Giorgos fulminait. Sa religion était faite : cette relation lui donnait la nausée.

— Je vais le convaincre de venir te dire bonjour, résolut-elle. Comme ça, tu pourras juger par toi-même.

Quelques jours plus tard, elle mit son projet à exécution. Giorgos ne sortit pas du kiosque, ce qui lui évita de serrer la main de celui qui demeurait un inconnu. Ce furent d'étranges présentations.

— Baba, voici Takis, annonça Andriani à son père.

— *Hairomai*, marmonna Giorgos tout bas. Enchanté de vous rencontrer.

— *Kalispera*, Kyrios Kazaras, *kalispera*.

La situation était des plus artificielles, Stakakis étant déjà venu au *periptero* – fait dont les deux hommes étaient parfaitement conscients. Giorgos eut un léger mouvement de recul en respirant l'odeur puissante et musquée de Stakakis. Il avait dû vider un flacon entier dans l'objectif de séduire Andriani.

La conversation ne se prolongerait pas.

— À plus tard, *baba*, dit-elle du ton le plus enjoué possible.

Giorgos ne les regarda pas monter en voiture, cependant il entendit les portières claquer et le moteur gronder.

Il restait de si longues heures assis seul dans son *periptero* qu'il avait tout le loisir de réfléchir à la situation. Il commença par se reprocher d'avoir laissé sa fille lire tous ces magazines, mauvais conseillers. Elle vivait avec son vieux père et rêvait d'une existence moins terne. Que pouvait-il lui offrir ? Elle avait déjà accueilli avec mépris les partis qu'il lui avait suggérés – les fils de différents propriétaires de magasins du coin et même deux cousins éloignés de sa défunte épouse.

S'il ne supportait pas l'idée que Stakakis fréquente sa fille, il ne pouvait rien y faire. À minuit, il ferma le kiosque, se rendit chez lui et se coucha. Il veilla toute la nuit, guettant le bruit de la clé dans la serrure. À cinq heures du matin, Andriani fut de retour.

En début d'après-midi, le jour suivant, Giorgos s'assoupit sur la chaise en tissu qui trônait au milieu de l'espace exigu. La chaleur infernale qui régnait à l'intérieur du kiosque, associée à une nuit blanche, avait eu raison du vieil homme d'habitude résistant.

Plusieurs clients passèrent et s'étonnèrent de l'absence de Giorgos. En cinquante ans, ils ne se souvenaient pas de l'avoir vu quitter son poste ne serait-ce qu'une minute entre six heures du matin et minuit. Certains en furent légèrement irrités. Les cigarettes étant hors d'atteinte, ils devraient revenir; pour la plupart des autres articles, en revanche, il leur suffisait de déposer quelques pièces sur le petit comptoir ou même une reconnaissance de dette sur un bout de papier.

Au bout d'une heure d'un sommeil

profond, le bruit d'une pièce dans la
coupelle métallique dérangea Giorgos.
Cinquante centimes. Dissimulé par la
pénombre du kiosque, il demeurait invisible de l'extérieur ; levant les yeux, il vit
une main se tendre vers les allumettes.
Il reconnut la Rolex et se fit le plus petit
possible. L'homme prit également un
paquet de chewing-gums et, à l'horreur
de Giorgos, des préservatifs.

Il attendit que Stakakis eût tourné
les talons pour se redresser. Celui-ci se
dirigeait vers sa voiture. Alors qu'il s'apprêtait à monter derrière le volant, un
second véhicule s'arrêta juste à côté de
lui, dans un crissement de pneus. Un
homme, petit et négligé, en jaillit pour
s'interposer entre le vendeur de meubles
et sa Porsche. Lorsque Stakakis voulut
ouvrir sa portière, le type plaqua sa main
sur la poignée afin de l'en empêcher.

Tout cela se déroulait à quelques
mètres du *periptero* et, par cet après-
midi où l'on n'entendait pas même les

feuilles bruisser, Giorgos ne perdit pas une miette de leur échange.

— J'ai besoin de mon argent, tout de suite. Ça fait neuf mois que je l'attends. Comment tu comptes te débrouiller ?

— Tu vas devoir patienter…

— J'ai déjà patienté.

Stakakis conservait son calme. Son assurance froide, sa gouaille et son onctuosité demeuraient intactes.

— Écoute, la banque m'a refusé un prêt et je n'ai pas de liquidités. J'ai mon magasin, rien d'autre. Et les clients n'achètent pas. Tu sais comment ils sont ici…

Giorgos pensa que Stakakis disait la vérité. Il avait appris par sa fille que le vendeur proposait des réductions allant jusqu'à soixante-quinze pour cent, et tout le monde savait que de telles remises étaient signe de désespoir.

À vrai dire, Stakakis n'avait réalisé qu'une seule vente au cours des six derniers mois : une petite console en verre, achetée par un jeune couple. Pas un seul fauteuil, pas un seul tabouret, pas même une seule des nappes fantaisie taillées pour habiller les gigantesques tables n'avait quitté sa boutique.

— Laisse-moi quinze jours de plus, insista-t-il. Je trouverai une solution.

Takis Stakakis tournait le dos à Giorgos, et ce dernier vit la sueur fleurir sur sa chemise bleue. Son calme n'était que de façade. Il avait dû souscrire de gros prêts pour ouvrir son magasin. Tout le monde était dans le même cas. Personne ne pouvait s'afficher dans une voiture qui coûtait quasiment cent mille euros sans avoir emprunté de l'argent.

Sous les yeux du kiosquier, l'inconnu s'effondra soudain sans un bruit. Il disparut à sa vue : il avait dû tomber sur ses journaux.

Moins d'une seconde plus tard, la Porsche Cayenne démarrait.

Giorgos hasarda un coup d'œil par la petite porte noire, à l'arrière du kiosque.

Le periptero

Il vit des flots de sang se déverser dans le caniveau et l'homme inerte sur le bitume. Ses journaux étaient fichus.

La rue était toujours déserte. Giorgos empoigna sa canne et s'éloigna le plus vite possible. Quelques minutes plus tard, il franchissait la porte de son immeuble et, quarante secondes après, le vieil ascenseur l'arrêtait, avec un bruit sec et métallique, au deuxième étage. Il s'introduisit sans un bruit dans son appartement et se laissa choir sur un fauteuil dans le couloir sombre. Son principal souci était de ne pas déranger Andriani, sans doute en pleine sieste; il avait peur qu'elle entende les battements de son cœur, si précipités.

Assis là, il réfléchit aux options qui s'offraient à lui. S'il dénonçait Stakakis, il y avait une chance pour que sa fille unique ne lui pardonne jamais. D'un autre côté, comment garder le secret d'un homme qu'il haïssait plus que tout au monde?

Une demi-heure s'écoula avant qu'il
ne quitte l'appartement, à pas de loup,
et retourne au kiosque. Au moment de
s'engager dans la rue principale, il vit
que celle-ci était envahie de monde et
des lumières de gyrophares. Un péri-
mètre avait été délimité tout autour du
periptero.

Dans les jours qui suivirent, la police
enquêta. Plusieurs clients de Giorgos,
qui s'étaient trouvés dans le coin ce
fameux après-midi, confirmèrent qu'il
n'était pas à son poste à l'heure fati-
dique. Les citoyens de Panopoli étaient
des êtres d'habitude. Ils passaient tous
devant le kiosque à une heure dite, quotidiennement, si bien qu'ils furent en
mesure d'affirmer que Giorgos avait pris
une pause à l'heure du crime. Ce jour-là,
les températures avaient battu le record
des dix dernières années, et personne
ne mit en doute l'explication du propriétaire du *periptero* lorsqu'il expliqua
que, pour la première fois de sa vie, il

était rentré faire la sieste. Les rues alentour étaient tout aussi désertes à cette heure-là, il n'y avait donc aucun témoin.

Chaque habitant de la petite ville fut brièvement soupçonné et subit un interrogatoire. La victime avait été assassinée d'un coup en plein cœur, donné par un banal canif, dont nombre d'hommes se servaient au quotidien pour ouvrir des paquets.

Quand le mort fut enfin identifié, les enquêteurs perdirent de leur ardeur. C'était un immigrant albanais, impliqué d'après les rumeurs dans un réseau de trafiquants de drogue.

Une semaine s'écoula.

— *Baba*, lui dit Andriani un matin. Tu te souviens de cet ensemble de salon en cuir rouge ?

Giorgos grogna.

— Takis est prêt à nous le céder à un bon prix !

Elle prononçait le prénom de son petit ami en ronronnant, et son père en avait la nausée.

— *Agapi mou*, ça n'irait pas ici.

Andriani sortit comme une furie, exaspérée par l'attitude paternelle.

Takis Stakakis vint au kiosque cet après-midi-là. Le vieil homme, dont les jambes donnaient en permanence des signes de faiblesse, eut presque l'impression qu'elles allaient se dérober sous lui.

— *Kalispera*, Giorgos, lui dit Stakakis avec une plus grande familiarité que de coutume.

Le kiosquier ne desserra pas les lèvres.

— Pourquoi ne viendrais-tu pas au *kafenion* un de ces jours ? Je t'offrirai un verre. J'ai réglé mes dettes.

Giorgos le regarda droit dans les yeux. Il détestait les usuriers – un de ses amis, qui possédait une affaire en ville, avait fait les frais de leurs tentatives d'intimidation. Mais il détestait mille fois plus ce beau parleur, cet assassin, et il voulait le voir sortir de l'existence d'Andriani.

— Tu sais bien que je ne quitte jamais mon kiosque, répondit-il d'un ton glacial.

Takis Stakakis alluma une de ses cigarettes de luxe et tira longuement dessus. Giorgos sentit son regard perçant sur lui, cependant il ne se laissa pas démonter.

— Et de toute façon, tu me dois de l'argent, ajouta-t-il.

Stakakis continuait à fumer, laissant tomber avec désinvolture la cendre sur le trottoir.

— Ah, oui ?

— Oui. Cinq euros.

Giorgos vit l'expression de Stakakis changer. Il ajouta :

— Pour les allumettes et les autres bricoles que tu as prises vendredi dernier. Tu n'as payé que cinquante centimes.

Stakakis jeta son mégot dans le caniveau et, en silence, sortit un billet de la poche de son pantalon. Il le plaça avec soin sur le comptoir et, sans croiser le regard de Giorgos, regagna sa voiture.

Avec une satisfaction incommensurable, le kiosquier vit la Porsche s'éloigner lentement. Pour la dernière fois.

Une soirée crétoise

L'invasion touristique était terminée. La boutique qui vivait des ventes de matelas pneumatiques roses et de bikinis bas de gamme fabriqués à Taiwan avait fermé ses portes jusqu'au printemps et ses vitrines avaient été entièrement obstruées par des planches en bois. Les stands installés devant s'affaissaient sous le poids de monceaux de raisins et, sur les arbres, les olives finissaient de mûrir en prévision de la récolte de décembre. La fin de l'été s'accompagnait de l'arrivée de nouveaux fruits, de la pluie tant attendue et, pour les gens du cru, c'était la plus délicieuse des saisons. Ils étaient à nouveau seuls, ils pouvaient respirer l'air clair et doux.

Les rouages de ce village crétois continuaient à tourner bien après le départ des étrangers. Le *zacharoplasteion* fournissait au quotidien des pâtisseries savoureuses et les meilleures tavernes restaient ouvertes, alors que les propriétaires des autres restaurants étaient partis rejoindre leurs villégiatures hivernales. Le pope célébrait la messe dans la minuscule chapelle au bord de l'eau.

La vie reprenait son rythme paisible et ordonné. Les veuves en robes noires, au tissu d'un noir d'ébène aussi soutenu que le jour où elles les avaient revêtues pour la première fois, s'installaient sur le seuil des maisons, à l'écart des hommes, qui eux se distrayaient d'une partie de *tavli*. Les dés s'entrechoquaient doucement contre le rebord du plateau pendant que les joueurs tuaient le temps, déplaçant les pions d'un triangle à un autre. La conversation qu'entretenaient ces jetons était plus animée que celle des hommes.

Ces septuagénaires se connaissaient depuis si longtemps que leurs existences n'avaient aucun secret et qu'ils n'avaient presque rien à se dire. Ils respiraient quasiment en cadence. Ils évoquaient les nouvelles du coin, peut-être l'élection d'un nouveau maire adjoint, d'une naissance ou d'un décès, mais les événements qui concernaient le monde, crise financière ou tremblement de terre au Pérou, ne les touchaient pas, même un instant. Leur univers se bornait aux limites de ce petit village du bord de mer, sur cette place où leurs pères et grands-pères s'étaient assis avant eux.

Seules les personnes âgées étaient

encore là. La plupart des jeunes avaient depuis longtemps déserté le village, attirés par les lumières éclatantes de la capitale de l'île, voire d'Athènes, et ne revenaient qu'avec les touristes pour une ou deux semaines en août, afin de ne pas oublier les lieux où vivaient leurs ancêtres.

Malgré le crépuscule, les hommes continuaient à jouer et à boire leur raki. Ce moment de la journée possédait un calme particulier. Tout le jour, les ombres des arbres avaient dansé sur les murs pâles et délavés, et à présent un rideau avait été comme tiré sur cette scène. L'après-midi cédait le pas à la nuit aussi rapidement que si une bougie avait été soufflée.

Les hommes installés à la terrasse du *kafenion* ne remarquèrent pas la transition entre le jour et la nuit. Les dés qu'on lançait, les petits verres qu'on remplissait de cette eau de feu limpide et sirupeuse, les échanges silencieux entre eux, rien ne s'arrêtait. Qu'il fasse clair ou sombre, pour eux, ça ne changeait rien.

Malgré son arrivée discrète, le taxi attira immédiatement leur attention. Un instant, ils suspendirent leur partie de *tavli* pour le regarder passer. Entretenu avec plus d'amour que la limousine d'un millionnaire, le véhicule possédait des rétroviseurs latéraux en chrome poli qui réfléchissaient la lueur des réverbères.

La plaque d'immatriculation ne leur était pas familière. Ils connaissaient pourtant tous les chauffeurs des grandes villes avoisinantes ; celui-ci venait de très loin. Héraklion.

Il se gara plus bas dans la rue et la portière arrière s'ouvrit. Un homme descendit. Sa tenue incongrue dans ce décor donnait l'impression qu'il se rendait à un enterrement ou à un mariage. Les villageois n'aperçurent qu'une silhouette élancée en costume sombre, aux cheveux coupés avec soin : l'homme se tenait à contre-jour.

La présence d'un étranger à cette
période de l'année était rare. En juillet
et en août, les touristes venaient et repar-
taient après avoir laissé derrière eux leur
argent, et, souvenir moins plaisant, leurs
déchets. Après ces deux mois d'été, les
villageois voyaient de temps à autre un
voyageur, désireux de goûter à l'hospitalité légendaire de cette île. En venant
hors saison, celui-ci espérait se voir offrir
un verre de raki, des olives vertes et
pourquoi pas être conviés à une partie
de *tavli*.

La propriétaire du *kafenion*, Despina,
vint se poster sur le perron du café,
adossée au chambranle de la porte. Elle
avait entendu le taxi, en général syno-
nyme d'affaires. À l'évidence, son pas-
sager n'allait pas venir chez elle tout de
suite. Les vieux haussèrent les épaules
et Despina se retira à l'intérieur du bar.
Peut-être se présenterait-il plus tard…

Un chien errant était sorti de sa tor-
peur au passage du nouveau venu. Il se

144

leva pour le suivre. Il était si efflanqué qu'il ne représentait aucun danger et, au bout d'une centaine de mètres, l'homme lâcha la pierre qu'il avait ramassée pour faire fuir le corniaud décharné.

Se dirigeant d'un pas décidé vers l'extrémité de la rue, il effleurait du bout des doigts les contours lisses et froids d'une clé.

L'un des vieux détacha ses yeux de la partie de *tavli.*

— Maria, dit-il tout bas aux autres. Maria Makrakis.

Un murmure parcourut la vénérable assemblée.

L'homme sentait les regards des villageois sur lui, pourtant il ne se retourna pas. Il devait d'abord trouver quelque chose. Ensuite, seulement, il reviendrait sur ses pas pour leur parler. La maison composée de deux pièces se dressait au bout de la rue et la porte, autrefois peinte en bleu foncé, avait repris sa teinte natu-

relle de bois brut avec, ici ou là, quelques
traces de l'ancienne couleur.

D'une main légèrement moite, il serra
la clé. À présent qu'il l'enfonçait dans
la serrure, il s'émerveillait que la porte,
qui n'avait pas été utilisée depuis dix ans
au moins, s'ouvre encore. Par miracle, le
mécanisme ne s'était pas grippé et, bientôt, le parfum du passé l'enveloppa.

Dans la pénombre, il eut du mal à voir
où il posait les pieds et alluma son briquet pour se guider. Les ombres d'une
pièce épargnée par le passage du temps
bondissaient autour de lui, et ses souvenirs furent ravivés par les silhouettes
d'une table, de chaises et même d'icônes
aux murs, alors qu'il n'avait jamais péné-
tré dans cet endroit auparavant.

En vérité, personne n'avait franchi ce
seuil depuis la mort de la propriétaire
des lieux, une dizaine d'années plus
tôt. Personne n'était venu ranger ses
affaires, aérer la chambre à l'étage ou
plier les draps du lit encore défait. Bien

que dévote, celle-ci avait été méprisée et délaissée, son célibat faisant d'elle un objet de suspicion autant que de dérision. Elle n'avait pas grandi dans le village et, même si elle y avait vécu près de cinquante ans, elle avait toujours été considérée comme une nouvelle venue. Il en allait ainsi à cette époque. De mémoire, elle ne recevait pas de visites, elle n'avait pas d'amis ; elle était une étrangère et la fameuse hospitalité crétoise ne s'était jamais étendue à elle. La maison sentait l'abandon et la poussière.

Si tous avaient vu l'étranger y entrer, personne ne bougea. Ils n'éprouvaient pas plus le besoin de protéger ces murs qu'ils n'avaient montré d'intérêt pour la femme qui avait vécu entre eux, qui avait mené son existence à l'ombre de rumeurs qu'elle n'avait pu dissiper.

Les vieux discutaient à voix basse entre eux, comme les femmes – les deux groupes conservant leurs distances.

— Qu'est-il venu chercher ? se demandaient-ils. Comment a-t-il eu la clé ?

L'étranger avait déjà eu le temps de fouiller la table de nuit, de regarder sous le lit et il explorait à présent tous les tiroirs de la petite commode dans le coin de la pièce du rez-de-chaussée. Tous étaient vides, à l'exception du dernier, qui contenait un petit missel. Soulevant la couverture, il approcha la flamme de son briquet pour lire la dédicace :

À Sofia Taraviras, avec mon amour.

C'était ce qu'il cherchait.

Il glissa le livre dans sa poche et sortit retrouver l'obscurité de la rue. Il prit soin de fermer à clé derrière lui.

Lorsqu'il approcha du *kafenion*, il salua les clients d'un signe de tête. Aucun des vieux ne souriait. Aucun ne parlait. Despina l'attendait. L'homme était bien plus âgé qu'il n'en avait donné l'impression. La lumière crépusculaire avait masqué les reflets argentés de ses cheveux et les rides profondes sur son visage. Il n'était pas plus jeune que les joueurs de *tavli*, mais c'était un citadin, un homme d'affaires, dont la richesse ne faisait aucun doute.

— Que voulez-vous ?

La rudesse de la question le surprit.

— Que voulez-vous boire ? se reprit Despina, plus polie cette fois.

— Un café s'il vous plaît, sucré.

Son accent révéla qu'il était d'Athènes, et non de Crète.

— Alors, qu'est-ce qui vous amène chez Maria Makrakis ? demanda-t-elle sans ambages.

— Maria Makrakis ?

— Oui, la femme qui vivait ici.

— Je ne connais aucune Maria Makrakis. Ma sœur habitait là. Elle s'appelait Sofia Taraviras.

— Sofia Taraviras… répéta la femme, perplexe. Je ne crois pas, non.

— Écoutez, dit-il d'un ton ferme avant de produire le missel et de soulever la couverture pour lui montrer la dédicace. Sofia Taraviras. Je l'ai trouvé dans la maison, c'est la raison de ma visite. Il appartenait à ma sœur.

Il tendit l'ouvrage à Despina, qui fixa l'écriture pâlie sur la page.

— Mais la femme qui occupait cette maison s'appelait Maria Makrakis.

— Elle a très bien pu changer de nom. En tout cas, à sa naissance, elle a reçu celui de Sofia Taraviras, et ce livre lui a été offert le jour de son baptême.

Despina referma le petit volume relié en cuir, usé par le temps et une utilisation fréquente, aux pages aussi fragiles que des ailes de papillon.

— Allons nous asseoir, suggéra l'étranger. Il semblerait qu'il y ait eu un malentendu.

Despina se sentit blêmir. Maria Makrakis avait vécu ici aussi loin que remontaient ses souvenirs. Avant sa nais-

sance, même. Ses parents lui avaient toujours défendu de s'approcher trop près
d'elle. Elle n'avait posé aucune question ; les enfants ne le faisaient pas cette
époque.

— Voici tout ce que je peux vous
apprendre : avant que je voie le jour,
ma sœur aînée, Sofia, a été chassée
d'Athènes pour avoir déshonoré notre
famille.

L'homme s'interrompit pour avaler
une gorgée de café.

— À seize ans, elle a eu un enfant et
mon père l'a envoyée à l'autre bout du
pays. En Crète.

— Mais tout le monde disait au village que cette femme vivait ici depuis
toujours. On nous racontait qu'il s'agissait d'une sorcière, expliqua Despina
tout bas. On nous interdisait de l'approcher. Nous avions trop peur de toute
façon. Maintenant que j'en parle, je ne
crois pas avoir jamais entendu sa voix.

— Elle n'avait rien d'une sorcière,

affirma-t-il. Simplement une femme qui avait commis une erreur. Qu'elle a payée très cher, si vous voulez mon avis.

Despina se plongea dans ses pensées.

— Pourquoi êtes-vous ici ?

— J'ai appris la vérité il y a quelques mois seulement, en recevant ceci.

Il sortit la clé de sa poche.

— C'est le pope qui me l'a envoyée, reprit-il. Il était le seul à connaître son histoire. Elle lui avait tout confié. En tant qu'homme d'Église, il n'a sans doute pas jugé bon de partager ses secrets avec tout le village. Il avait trouvé l'adresse de mes parents. Regardez, elle est inscrite ici.

Il tourna la page de garde du missel et, au verso de la dédicace du parrain de Sofia, se trouvait une adresse, rédigée d'une écriture appliquée d'écolière. Une adresse à Athènes.

Despina écoutait l'homme en silence.

— Une tante de mon père avait vécu

dans ce village, voilà pourquoi ma sœur est venue ici.

Sa vie durant, Despina, à l'instar des autres villageois de sa génération, avait ostracisé cette femme sans se demander pourquoi et à présent elle ressentait violemment la honte de cette condamnation collective. Cette « Maria », ou « Sofia », avait trouvé le pardon auprès de Dieu, mais jamais auprès des siens. Ils ne lui avaient pas laissé une seule chance.

Peu après, le frère de Sofia repartit en taxi. Il emporta seulement le précieux missel. Il n'était venu que pour celui-ci et pouvait sentir la chaleur qu'il dégageait dans sa poche.

Le lendemain, en fin de journée, alors que la lumière déclinait, les hommes qui quittaient pourtant rarement le *kafenion* se réunirent et récitèrent des prières pour la femme qui était morte seule. Quel que fût le crime dont elle avait pu se rendre coupable par le passé, ce soir-là, c'était eux qui demandaient l'absolution.

L'automne était la saison des recommencements ici, pas celle des conclusions mélancoliques. Le jour suivant, Despina se rendit chez Sofia. Elle ouvrit les volets en grand et des flots de lumière pénétrèrent dans la maison.

Le boucher de Karapoli

Le marché de Karapoli, construit dans les années cinquante, faisait encore la fierté de la ville. Le plan de cette structure métallique au toit en verre dépoli, aux murs en briques et au sol carrelé suivait la forme d'une croix orthodoxe grecque, avec quatre allées, une dédiée aux fruits et légumes, une autre à la viande et aux produits laitiers, une troisième aux aliments secs, tels que le sucre et les lentilles, et la dernière aux poissons. Au centre, se trouvait un étal de fleurs.

En été, tous les produits restaient frais, et, en hiver, les clients pouvaient déambuler à loisir d'un éventaire à un autre sans avoir à redouter la pluie ou le froid. En ville, tout le monde s'était réjoui lors de son ouverture, surtout le maire Manadaki, qui lui avait donné son nom. Ce bâtiment devait marquer le début d'un nouveau chapitre dans l'histoire d'une ville dévastée par l'occupation et la guerre civile qui avait suivi.

Les marchands jouissaient de moins d'espace qu'ils n'en avaient dans la rue, autrefois, si bien qu'ils protégeaient avec jalousie le moindre centimètre carré loué à la municipalité. Tout cageot mordant sur l'emplacement d'un voisin était aussitôt repoussé dans ses limites.

Remplir son panier était un sport quotidien pour toutes les femmes au foyer et nombre d'entre elles passaient quotidiennement deux heures au marché – en faisant une activité sociale autant que domestique. Les habitantes de Karapoli prenaient la tâche très au sérieux : observant, tâtant, pressant, reniflant et goûtant avant de procéder à l'achat. La féta, par exemple, pouvait requérir une demi-douzaine de dégustations – présentées dans des plats blancs identiques, chacune offrait une saveur à la différence subtile.

La viande relevait d'une autre catégorie. Impossible de tergiverser ou de goûter. Le client n'avait qu'une seule décision à prendre : choisir entre les trois bouchers présents. Dans cette ville, on fréquentait le même de mère en fille, et la loyauté qu'on lui devait tenait de la conviction religieuse. Chacun affirmait, avec dogmatisme, que les bêtes de son boucher provenaient des meilleurs pâturages du nord de la Grèce, que la viande avait maturé le temps nécessaire, que les morceaux étaient les plus beaux, la qualité supérieure et la tendreté incomparable. On changeait rarement d'avis ou d'habitudes à Karapoli.

De mémoire commune, trois familles avaient toujours fourni la ville en viande : les Lagakis, les Petropoulos et les Diamantis. Présentement, un père et un fils œuvraient dans chacune des boucheries.

Bien que n'étant pas de Karapoli, Anna Dexidis savait chez quel boucher elle devait se rendre. Aussi loin que remontaient ses souvenirs, elle avait passé les vacances de Pâques et d'été dans cette ville. Sa mère et son père étaient tous deux médecins dans un immense hôpital d'Athènes et ne pouvaient jamais prendre plus de quelques jours de vacances ; pourtant, chaque année, ils laissaient leur fille unique dans la maison sinistre de ses grands-parents, convaincus que le bon air – dû à la proximité de Ioannina – lui serait plus bénéfique que l'atmosphère polluée de la capitale.

Le boucher de Karapoli

Anna était choyée par sa grand-mère, ce qui ne l'empêchait pas d'avoir le mal du pays. Elle se sentait coupée de ses amis, restés à Athènes, et, alors qu'ils avaient vécu à Karapoli toute leur vie, ses grands-parents ne semblaient pas avoir d'amis ayant des petits-enfants. Anna y passait ainsi de longs mois solitaires. Son grand-père était sévère et, après un incident l'année de ses sept ans – elle avait reçu une gifle après avoir accidentellement cassé une assiette –, elle se méfiait de lui. À son grand désarroi, alors que sa grand-mère était morte depuis peu et qu'elle avait presque terminé ses études universitaires, on attendait toujours d'elle qu'elle accomplisse le long voyage jusqu'à Karapoli deux fois par an.

Cette année-là, elle déchargea son grand-père de toutes les tâches domestiques, s'efforçant de remplir le rôle aussi bien que sa *giagia* – sans y parvenir –, et de cuisiner aussi bien qu'elle – sans réussir davantage. Déjà dans sa jeunesse, l'ancien receveur des Postes était soupe au lait, mais l'âge l'avait rendu encore plus irritable et tyrannique. Anna, qui mesurait seulement à présent ce que sa pauvre grand-mère avait dû endurer, comptait les jours qui la séparaient de son retour à Athènes.

La seule corvée dont la jeune femme s'acquittait sans mal était le marché : le vieil Alexandros Dexidis lui donnait des instructions si précises qu'elle n'avait pas de marge d'erreur. Son *pappous*, de moins en moins vaillant, ne lui laissait le choix ni des étals à fréquenter ni des produits à acheter. En matière de viande, elle était obligée d'aller chez Diamantis. Végétarienne depuis l'année de ses quinze ans, elle accomplissait cette mission avec un certain dégoût, sachant qu'elle devrait laisser sa portion sur le bord de l'assiette.

— Ne t'approche jamais de ce *malakas* de Costas Lagakis ni de son fils, lui assénait-il, n'hésitant pas à user d'insultes devant sa petite-fille.

Parfois, il allait jusqu'à ajouter un commentaire d'un air grave.

— Cet homme est le diable incarné. Je le crois capable de tout.

Le grand-père d'Anna soutenait que Costas Lagakis avait jeté de la viande dans leur cour, par-dessus le muret, et empoisonné leur chien. L'incident remontait à quatre ans, mais sa colère semblait enfler avec le temps.

— Cinq autres personnes ont perdu leur chien, ce mois-ci, fulminait-il. Et comme par hasard aucune ne fréquentait la boucherie de Lagakis. C'est un fait.

Le mystère canin, qui avait préoccupé la ville de nombreux mois durant, n'avait jamais trouvé de résolution satisfaisante. Les rumeurs étaient devenues des faits établis aux yeux du vieil homme : Costas Lagakis assassinait les chiens.

Cette histoire revenait en mémoire à Anna chaque fois qu'elle se rendait au marché où, afin d'atteindre l'étal de Diamantis, son boucher attitré, elle devait passer devant celui de Lagakis mais aussi de Petropoulos. Ce dernier flirtait avec toutes les femmes qu'il apercevait, contraintes de supporter une remarque subtile tirée de son répertoire restreint : il leur proposait un kilo de saucisses savoureuses ou de la poitrine de choix. Il était aussi vulgaire que son père l'avait été, et Anna avait appris à ignorer le flux continu d'allusions déplacées qu'il déversait, pareilles à des tripes déversées dans un seau.

A contrario, ni Costas Lagakis ni son fils Aris ne l'embêtaient jamais ; ils avaient même pris l'habitude de se détourner quand ils la voyaient approcher, s'absorbant dans diverses tâches : planter des petits cubes d'agneau sur des piques ou récurer l'un des énormes billots en bois posés devant la vitrine. La tension était palpable.

Ce jour-là, son grand-père lui avait commandé une grosse côte de porc. Ce serait la dernière fois qu'il mangerait de la viande avant un moment – le carême commençait le lendemain. Elle savait que ce changement de régime le rendrait encore plus irascible et, depuis l'enfance, elle ne s'expliquait pas pourquoi un homme qui lui semblait si impie suivait un tel rituel. Petropoulos était en train de hisser un cochon entier sur un présentoir. Une incision parfaite avait été pratiquée sur toute la longueur de la carcasse pour la vider. Cœur, poumons, foie, cervelle étaient présentés dans des plats séparés, vendus à un prix plus bas que la chair. Pourquoi les organes qui avaient rendu possible la vie de cette bête étaient-ils presque sans valeur ? Aux yeux d'Anna, l'inverse aurait été plus logique. Remonter l'allée des bouchers s'apparentait à une course d'endurance. Tout ce qui touchait à la viande la dégoûtait et rien que l'odeur de cette partie du marché lui donnait des haut-le-cœur.

Maintenant qu'elle n'était plus une gamine, il lui arrivait parfois de rabattre le caquet de Petropoulos. Ce jour-là, son attention fut justement attirée par un gigantesque plateau de têtes d'agneau, disposées sans le moindre soin et qui semblaient le fruit d'un massacre à l'aveugle. Les paires d'yeux saillaient et une petite pancarte avait été fichée dans l'un des crânes : *Kefalakia freska : 1 euro to ena*. Petites têtes fraîches : 1 euro pièce.

— Celui-là te fait de l'œil, plaisanta Petropoulos en indiquant l'une des faces monstrueuses.

Elle l'ignora. Un instant plus tôt, un morceau de gras de bœuf, de la taille d'une perle de *komboloi*, était tombé de l'étal de Petropoulos. Comme il ne tranchait pas sur le carrelage blanc, Anna ne le remarqua pas alors qu'elle se dirigeait, d'un pas décidé, vers le boucher du bout de l'allée. Sous son poids, la substance s'étala aussitôt, s'accrochant à la semelle de sa chaussure.

Aris Lagakis avait toujours remarqué que la petite-fille de Dexidis longeait sa boucherie les yeux fixés droits devant elle, affectant de ne pas remarquer son existence. Il savait que son père et le vieil homme se détestaient cordialement, toutefois le dédain de cette fille frôlait la grossièreté.

Ce jour-là, occupé à disposer des foies dans des plats et à les étiqueter, il était néanmoins conscient de chacun de ses pas. Alors qu'elle se trouvait encore à un mètre de lui, il sentit son parfum, qui formait un contraste plaisant avec l'odeur aigre de la viande crue.

Aris comprit peut-être avant Anna que ses pieds se dérobaient sous elle. En moins d'une fraction de seconde, il nota une modification dans sa démarche. Il réagit aussitôt. Le foie de veau qu'il tenait à la main s'écrasa avec un bruit sourd sur les carreaux tandis qu'il se précipitait vers elle, la rattrapant juste avant qu'elle ne se cogne la tête. Anna ne pesait pas plus lourd qu'une plume, mais, entraîné par le mouvement, il s'étala aussi au sol, la jeune femme dans les bras.

Tout s'était déroulé très vite, pourtant Anna avait eu l'impression de vivre la scène au ralenti. Elle sentit qu'elle perdait contact avec la terre ferme, puis se retrouvait comme suspendue dans les airs, à l'horizontale. L'instant d'après, elle était allongée sur le carrelage, plus mortifiée que jamais. Remarquant le morceau de foie qu'Aris avait lâché, elle voulut aussitôt se relever. Alors, seulement, elle se rendit compte de la présence d'un homme derrière elle, qui la tenait par les épaules et l'aidait à se redresser.

La colère de l'humiliation prit le pas sur le reste. Elle était devenue un objet d'attention pour les clients et les marchands.

— Ce serait moins dangereux, s'emporta-t-elle, si vous preniez la peine de nettoyer correctement !

Aris n'avait jamais croisé le regard de la jeune femme, qui avait toujours veillé à ce que cela n'arrive pas. À présent qu'ils se trouvaient face à face, il vit qu'elle avait des yeux d'un bleu translucide, glacés par la rage.

Baissant la tête, elle constata que ses bras et sa robe étaient tachés de sang. S'était-elle écorchée lors de la chute ? L'absence de douleur lui apprit que ce sang n'était pas le sien.

— Regardez ! Ma robe est irrécupérable !

Aris ouvrit la bouche pour parler, heurté par l'injustice de la situation. Sans son intervention, la jeune femme se serait sans le moindre doute blessée. Afin de le lui faire comprendre, il lui montra ses deux paumes maculées du même sang de veau que celui qui souillait sa robe, mais elle s'éloignait déjà. Le fils de Lagakis était la dernière personne au monde devant laquelle elle aurait voulu tomber.

« Quand tu vas au marché, je ne veux pas que tu t'approches de cet étal, lui

avait si souvent répété son grand-père.
Garde bien tes distances, tu m'entends ? »

Le jeune boucher ramassa le foie puis
nettoya le sol. Il entretenait méticuleu-
sement son emplacement, il savait donc
avec certitude que son voisin, Petropoulos, était à l'origine de la négligence qui
avait provoqué la chute. Anna était en
train de faire ses achats chez Diamantis,
elle ne tarderait donc pas à revenir dans
sa direction. Elle n'avait pas le choix.
Voyant qu'elle bouillonnait toujours de
colère, il se détourna à son approche.

Maria Sophoulis, la fleuriste qui occupait le « carrefour » au centre du marché,
voyait passer tous les clients. Elle était
occupée, ce jour-là, à confectionner des
bouquets de roses, qu'elle enveloppait
dans des feuilles de Cellophane de couleur vive, maintenues par un ruban vif.
Elle recula pour admirer son travail. On
célébrait les Savina aujourd'hui, et les
affaires marchaient bien.

Cette position centrale, privilégiée,

offrait à Kyria Sophoulis une vue imprenable sur les quatre allées, ce qui lui permettait d'être au courant de tout ce qui se passait. Elle était l'œil du marché. Les habitudes de ses clients constituaient une source inépuisable d'informations : les amitiés, les couples qui se faisaient et se défaisaient, les flirts et les aventures. Rien ne lui échappait.

— Tout va bien ? demanda-t-elle à Anna. Vous auriez pu vous faire très mal.

— Bien, merci, répondit Anna, rouge comme une pivoine et désireuse d'oublier ce moment d'humiliation.

— Heureusement que ce jeune homme a amorti votre chute.

— Amorti ma chute ? Vraiment ? Je croyais qu'il m'avait seulement aidée à me relever.

— J'ai vu toute la scène, lui assura la fleuriste. Vous avez fait un vol plané. Il s'est précipité juste à temps pour vous rattraper. Sans lui, vous vous seriez cogné la tête.

— Mais...

— Il n'y a pas de mais qui tienne, affirma Maria Sophoulis avec fermeté. Il vous a évité le pire et mérite votre reconnaissance.

— En tout état de cause, il ne devrait pas laisser traîner des bouts de viande sur le carrelage, répliqua Anna.

— Il n'en fait rien. Tout le monde sait que c'est Petropoulos le malpropre. Il n'y a pas que son langage qu'il devrait surveiller...

Le regard interrogateur de la jeune femme n'échappa pas à la fleuriste, qui précisa :

— La municipalité lui distribue régulièrement des amendes pour le mauvais entretien de son emplacement. Vous n'êtes pas sa première victime. Kyria Eleftheria s'est cassé le poignet il y a quelques années. Elle a glissé exactement au même endroit que vous. Du gras de cochon. Oui, du gras de cochon ! Sauf qu'on ne peut pas accuser un bout de gras... Non, le responsable est celui qui l'a fait tomber. Aris est un chic type. Sérieux et propre.

Anna resta silencieuse. Rien ne pouvait infléchir son opinion sur la famille Lagakis. Depuis son plus jeune âge, elle était entretenue dans l'idée que ses membres étaient des ennemis, et son grand-père l'avait accablée de trop de remarques assassines à leur propos pour qu'elle puisse les oublier d'un simple claquement de doigts. La mort du chien ne constituait que l'une des nombreuses accusations.

La fleuriste aimait jouer le rôle de pacificatrice et, encore mieux, d'entremetteuse. Les fleurs n'étaient jamais simplement des fleurs ; elles étaient toujours porteuses d'un sens caché. Contrairement à la viande.

— Je pense que vous devriez aller le remercier, poursuivit-elle. Si vous étiez un homme, je vous convaincrais d'acheter des fleurs. Mais pour une femme, ce serait étrange, non ? À mon avis, un sourire et un merci cordial feront l'affaire.

— Je ne peux pas à cause de son père, grommela Anna.

— Pourquoi donc ? Il n'est même pas ici aujourd'hui.

— Mon grand-père m'a parlé de lui, c'est tout. Et de cette histoire de chiens.

D'un ton ferme et dédaigneux, la fleuriste asséna :

— Vous ne devriez pas croire tout ce qu'on vous raconte. Ils sont aussi nombreux à avoir la conviction que c'était l'un des hommes du maire. Des choses étranges se sont produites au moment des dernières élections… Mais personne n'a jamais rien prouvé.

La fleuriste ramassa un bout de ruban qu'elle coupa en deux, avant de grommeler :

— *Panagia mou*, cette ville… Rien ne change.

— Qu'est-ce que vous voulez dire ? s'enquit Anna avec innocence.

— De toute évidence, vous ignorez la cause de toutes ces rumeurs, non ?

— En effet, confirma-t-elle en secouant la tête. Je sais seulement que mon grand-père ne pardonne pas la mort de son chien.

— La fréquentation de tel ou tel boucher, de tel ou tel boulanger obéit à des raisons précises. Les alliances et les rancunes remontent toutes à la même source.

— Je vous écoute, la pressa Anna.

— La guerre civile a empoisonné cette ville. Les gens en ont gardé de l'amertume. Ceux qui se sont affrontés alors se trouvent toujours dans des camps opposés aujourd'hui. Et certains transmettent même ces vieilles hostilités à leurs enfants… et à leurs petits-enfants.

Anna baissa les yeux vers le carrelage.

— Vous devriez vous asseoir quelques instants, suggéra la fleuriste en s'agitant. Vous êtes un peu pâlotte depuis votre chute.

Elle envoya quelqu'un chercher des cafés et continua à préparer ses commandes.

— Alors, dites-moi pourquoi mon grand-père hait-il les Lagakis à ce point, si ça n'a aucun lien avec la mort du chien ?

— Ils ne combattaient pas du même côté. *Telos pandon*, conclut-elle d'un ton sans appel. C'est aussi simple que ça.

Il y avait forcément autre chose, Anne le sentait.

— Mais sa haine semble se nourrir d'autre chose. Elle est si intense…

Maria Sophoulis continuait à couper les tiges des fleurs.

— J'apprécierais beaucoup que vous me disiez ce que vous savez, Kyria Sophoulis, la pressa Anna. Je sais que mon grand-père refusera d'en discuter.

— Je ne pense pas être la bonne personne…

— Vous êtes la seule à pouvoir me parler.

Des larmes de frustration commençaient à brûler les yeux d'Anna.

— Vous risquez de le regretter.

— Je vous en prie !

— Très bien, très bien. Peu après la
fin de la guerre civile, les corps de six
jeunes communistes ont été découverts
dans une grange des faubourgs de la
ville. Ils n'étaient encore que des gamins.
Deux d'entre eux n'avaient même pas
quinze ans.

Elle s'interrompit un instant.

— Lagakis était ami avec eux tous.
Il avait le même âge que le plus jeune.
Il aurait dû les retrouver cette nuit-là,
mais il était en retard. Il a affirmé qu'il
avait été témoin de leur meurtre. Il a
accusé votre grand-père, qui soutenait
la droite... enfin, je suppose que vous le
savez.

Anna avait plaqué une main sur sa
bouche. Tandis qu'elle écarquillait les
yeux, Maria poursuivit :

— Il n'y a pas eu de procès. Des partisans de la droite avaient été tués peu avant, si bien que les accusations fusaient de toutes parts. Les soupçons n'ont jamais disparu pour autant. Certains restent convaincus que votre grand-père est le responsable de ce massacre…

Une boule dans la gorge, Maria ajouta, en regardant la jeune femme :

— On l'appelait le boucher de Karapoli.

Anna faillit se trouver mal. Si elle ne voulait pas croire de telles horreurs sur le compte de son grand-père, elle ne pouvait pas non plus se défaire du sentiment qu'elles pouvaient être vraies. Elle se releva, doutant que ses jambes puissent la porter et s'éloigna sans savoir comment elle affronterait le vieil homme.

À son retour à la maison, elle le trouva dans son fauteuil habituel, plongé dans son journal. Elle ne put se résoudre à le regarder. Prétextant une migraine, elle rangea le morceau de viande tout emballé dans le réfrigérateur et se rendit dans sa chambre.

Elle passa la nuit à se retourner dans son lit. *Le boucher de Karapoli...* Les mots la hantaient.

Le lendemain, non sans appréhension, elle tenta d'amener son grand-père à lui parler des années quarante, mais il sortit rapidement de ses gonds. Elle comprit alors qu'elle n'aurait jamais le courage de le défier.

Ce soir-là, elle emprunta le journal de son grand-père et le lut de bout en bout, mesurant pour la première fois à quel point Alexandros Dexidis était à droite. Les éditoriaux étaient ouvertement fascistes et elle fut contrainte de s'avouer à elle-même que son *pappous* aux cheveux argentés n'était pas le vieil homme bienveillant qu'un grand-père est sensé être. S'il était vraiment le « boucher », ça pouvait expliquer son absence d'amis et les réticences du père d'Anna à rester très longtemps en ville. Elle ne savait pas grand-chose de la guerre civile sauf que des atrocités avaient été commises et qu'elle ne pouvait fermer les yeux sur le rôle qu'avait joué son grand-père, quel qu'il soit. C'était une petite ville après tout. Peut-être n'obtiendrait-elle jamais de réponse définitive.

Lorsqu'elle se rendit au marché le lendemain, dans l'allée presque déserte des bouchers, Aris nettoyait le verre de l'une de ses vitrines réfrigérées. Jusqu'à la fin du carême, les affaires tourneraient au ralenti.

Elle fonça droit sur lui.

— Je voulais juste vous remercier, dit-elle. Et m'excuser d'avoir mal interprété la situation.

— Ne vous inquiétez pas. Ce n'est rien.

Aris Lagakis, qui était au courant de l'animosité régnant entre leurs deux familles, présumait qu'il en allait de même pour elle. Il lui semblait absurde que des événements vieux de cinquante ans continuent à avoir des conséquences sur sa propre génération. Quelle qu'ait été la brutalité de la guerre, ces vendettas n'étaient pas les leurs.

— Accepteriez-vous d'aller prendre un café, un jour ? lui proposa-t-il d'un ton plein d'espoir.

— Oui, répondit-elle sans hésitation. Avec plaisir.

Anna avait la tête qui tournait. Peut-être qu'elle se l'était cognée en tombant, après tout…

La leçon

On était début septembre, mais la température approchait toujours des quarante degrés. Deux enfants cheminaient
vers l'école pour la première fois.

La mère de Giannis sentait la paume
moite de son fils dans la sienne, et la mère
de Fotini, les doigts de sa fille crispés sur
les siens. Aucune des deux femmes ne

savait qui, d'elle ou de son enfant, était le plus nerveux.

La population du village avait diminué ces dernières années. De nombreux jeunes étaient partis travailler à l'étranger et ne rentraient que les mois d'été, lorsque les cafés de la rue principale se remplissaient à nouveau. «C'est comme au bon vieux temps», murmuraient les anciens, les yeux embués de larmes. En août, ils célébraient la fête d'Agios Titos, le saint patron du coin, et le champ circulaire à la lisière du village était envahi de tables à tréteaux et de chaises en plastique. Une semaine plus tard, la population aurait de nouveau diminué de moitié, les chaises seraient empilées et entreposées le long du mur de l'église. Certaines d'entre elles pourraient servir encore à Pâques quand on faisait rôtir un agneau et qu'un nombre restreint de villageois se réunissait.

De nos jours, les enfants plus grands prenaient le bus pour suivre des cours dans la ville voisine, mais il y avait encore une vingtaine de *paidia*, âgés de six à onze ans, soit suffisamment pour remplir l'école primaire, ou *demotiki*.

Certains adultes se retrouvaient à accompagner leur fils ou leur fille jusqu'au bâtiment où ils avaient appris à lire en leur temps. Et beaucoup avaient même reçu leur savoir de Kyria Kakani-dis, arrivée trente ans plus tôt.

Il fallait lui rendre justice et dire qu'elle préparait fort bien ses élèves à l'étape suivante, au *gymnasio* ainsi qu'on l'appelait là-bas. D'une certaine façon, elle était la cause du départ définitif de certains jeunes du village. En effet, ils prenaient la tête de leur classe au collège, décrochaient des bourses d'études et même, parfois, des places dans des universités étrangères.

— Si l'on cultive bien le sol, les graines germent toujours, disait-elle aux parents.

Elle tirait cette analogie de son

enfance, lorsqu'elle regardait son père entretenir son *kipos*, son potager. Il ne possédait peut-être qu'une dizaine d'ares, cependant il retournait sans relâche la terre, si bien qu'elle coulait comme du sable entre ses doigts, ce qui la rendait plus fertile que tout.

— Tout est dans la préparation, avait-il répété à sa fille un millier de fois.

Kyrios Kakanidis avait toujours mis un point d'honneur à tracer des rangées bien régulières et bien nettes ; pour cela, il utilisait de petits tuteurs en bois, entre lesquels il tendait une ficelle. Chaque graine était semée le long de cette installation, chaque semis replanté.

— Une bonne organisation permet de maximiser la production, avait-il enseigné à sa fille et ces maximes s'étaient enracinées dans l'esprit de celle-ci.

En prime, Kyrios Kakanidis obtenait d'excellents résultats. Alors que ses voisins se démenaient pour réussir à tirer quelques tomates et haricots de la même terre pierreuse et infertile, il produisait en quantités faramineuses toutes les variétés de légumes existantes. Chaque jour, de mai à novembre, il installait son étal dans la rue principale, qui croulait sous le poids de ce qu'il avait récolté le matin même, sans oublier une boîte en métal rouillé pour l'argent. Oignons, carottes, courgettes ou poivrons : il y avait toujours des produits mûrs à point, prêts à être cueillis.

Petite fille, Katia avait vu son père vider le contenu de la boîte dans un coffre en bois, qui disparaissait ensuite. Durant toute son enfance, la destination de cet argent avait été une source de perplexité constante, car ses parents semblaient constamment à court d'argent. Le jour de son départ pour l'université de Larissa, elle comprit la raison pour laquelle ils avaient économisé pendant toutes ces années. Les drachmes soigneusement accumulées avaient financé son diplôme d'enseignement.

Pour la plupart des jeunes, les études s'apparentaient à un aller simple loin du village. Pour Katia Kakanidis, c'était son billet de retour. Elle n'avait jamais eu d'autre ambition que travailler dans l'école où elle avait été formée, petite. Elle voulait mettre en application ses propres théories sur l'éducation des enfants, et pouvoir le faire à l'endroit même où elle avait le sentiment que tant d'erreurs avaient été commises lui donnait le sentiment plaisant d'achever un cycle. Un peu comme son père, qui utilisait les graines d'une tomate de la récolte précédente pour semer la nouvelle.

Lorsque Giannis et Fotini arrivèrent à l'école, leurs mères se saluèrent. À deux petites années d'écart, elles avaient reçu la base de leur éducation ici, elles aussi.

— *Kalimera*, Maria.

— *Kalimera*, Margarita. Comment va la petite Fotini aujourd'hui ?

Sa mère répondit à sa place :

— Un peu anxieuse.

— C'est la même chose pour Giannis, je crois.

Le petit garçon se renfrogna : il ne voulait pas passer pour un couard, même s'il tremblait intérieurement. Il avait rarement eu l'occasion de s'éloigner de sa mère, et il savait que le moment était venu de franchir ce pas. Seule une vingtaine d'enfants étaient réunis là, pourtant ils formaient une foule énorme. Giannis n'était pas seulement impressionné par leur nombre, mais aussi par leur taille – les plus grands lui semblaient gigantesques.

La petite Fotini avait un peu plus d'assurance. Ayant un frère aîné qui avait déjà quitté l'école, elle n'avait pas peur des grands qui traînaient devant la porte.

— On se revoit dans quelques heures, lui dit sa mère en lui lâchant la main.

La fillette la tendit alors à Giannis.

C'est ainsi que Katia Kakanidis fit leur connaissance à tous deux. Main dans la main. Elle vint à leur rencontre et se pencha vers eux deux.

— *Kalimera, paidia.* Bonjour, les enfants.

Ils levèrent la tête vers la femme au visage émacié. Ils virent deux gros cernes soulignant deux yeux perçants noirs, et un menton pointu. Quelques mèches sombres encadraient son visage et le reste de sa chevelure était ramené en chignon. Comme elle se rapprochait encore de lui, Giannis remarqua une minuscule araignée qui lui remontait le long du crâne. Il était fasciné.

— Tu dois être Giannis, dit-elle. Et toi Fotini ?

La fillette opina du chef.

— Eh bien ? insista-t-elle en regardant le petit garçon.

Giannis était encore hypnotisé par l'araignée qui avait disparu dans la forêt de cheveux moussus. Fotini lui serra la main de toutes ses forces. Il hocha la tête vigoureusement, sans un mot. Kyria Kakanidis indiqua une place libre au premier rang.

— Assieds-toi là. Et, Giannis, installe-toi juste derrière.

Un garçon se trouvait déjà au bureau en question. Devant lui il y avait un livre ouvert avec de grandes images. La tête dans les mains, il fixait les mots sur la page. Il ne redressa pas la tête quand son nouveau voisin s'assit. Pas plus qu'il ne se poussa pour lui laisser une place.

À l'occasion de l'obtention de son poste d'institutrice dans les années quatre-vingt, Katia Kakanidis avait pris quelques mesures. Il s'agissait moins d'innovations permettant de moderniser l'école que du rétablissement de certaines vieilles traditions. La maîtresse précédente avait, entre autres, remplacé les vieilles tables en bois par d'autres en Formica, disposées en demi-cercle autour de son bureau. Kyria Kakanidis déplorait la taille de ces tables, prévues pour deux élèves, regrettant la disparition des petits pupitres en bois. Elle avait seulement pu changer leur disposition, les plaçant en rangées strictes, une pour chaque niveau.

Les anciens pupitres se caractérisaient, entre autres, par leurs petits encriers individuels. Elle avait donc installé un grand flacon d'encre sur son propre bureau, face à la classe, et insistait pour que les élèves les plus âgés utilisent des stylos à plume.

— On n'écrit pas correctement avec un stylo-bille, répliquait-elle d'un ton vif s'ils se plaignaient. Nos beaux caractères grecs ont été créés dans l'Antiquité. Ils n'avaient pas de Bic à l'époque, et je ne vois aucune raison que cela change.

Dans sa volonté de renouer avec les habitudes passées, elle avait aussi accroché des posters représentant l'alphabet, des équations mathématiques et des citations philosophiques. Elle n'était pas partisane d'afficher les travaux des élèves aux murs. À quoi bon exhiber autre chose que la perfection ? Pourquoi ériger au rang de vertu la médiocrité ? Il fallait au contraire tout faire pour pousser les enfants à se surpasser, quelles que soient leurs difficultés, et de son point de vue les progrès de ses élèves justifiaient ses méthodes.

Giannis et Fotini prirent l'habitude de se rendre à l'école main dans la main. Parfois, ils s'asseyaient à la même table.

— Debout ! s'exclamait Kyria Kakanidis dès son entrée dans la classe. Debout ! Debout ! Debout ! Tu sais très bien où se trouve ta place, Giannis. File !

Aucune logique ne présidait à cette séparation systématique. Aucun élève n'était autorisé à parler en classe tant que la maîtresse ne lui avait pas donné la parole ou ne lui avait pas demandé de lire un texte à haute voix. Quel mal y avait-il donc à se placer à côté de quelqu'un qu'on appréciait ?

Fotini détestait sa voisine, l'arrogante

Elpida, qui cachait toujours ce qu'elle était en train d'écrire. Tous les élèves de son âge apprenaient à écrire, et Fotini ne s'expliquait pas comment la fillette pouvait éprouver le besoin de garder l'alphabet pour elle seule. Après tout, il n'appartenait à personne.

— Qu'y a-t-il de si secret ? lui chuchotat-elle un jour sans grande discrétion, enfreignant le code du silence.

Son grand frère lui avait appris l'audace. Elpida ignora sa question. De son côté, Giannis était couvert de bleus à force d'être maltraité par le garçon cruel avec lequel il partageait un bureau. «Partager» n'était pas vraiment le terme approprié, d'ailleurs. Le gros Panos occupait plus des deux tiers de l'espace, bousculant souvent Giannis si violemment que ses livres, ou même lui, se retrouvaient par terre. Kyria Kakanidis était toujours prompte à punir Giannis, le soupçonnant de vouloir attirer l'attention. Pire encore, Panos sentait mauvais.

Les jours de forte chaleur, l'odeur était presque asphyxiante.

L'école se composait de deux espaces : la salle où les enfants apprenaient leurs leçons, et la cour. En hiver, ils étaient censés s'ébattre pour faire de l'exercice, pourtant les filles se réunissaient par petits groupes et, blotties les unes contre les autres, échangeaient des ragots. Les garçons, eux, jouaient avec un ballon dans la poussière.

Tout au long du premier trimestre, Giannis et Fotini restèrent à l'écart des autres pendant les récréations, tantôt pour avoir une conversation sérieuse, tantôt pour s'amuser à un jeu qu'ils avaient inventé, avec de petites pierres. Kyria Kakanidis les observait, irritée de voir qu'ils ne s'en tenaient pas aux groupes qu'elle s'efforçait de former. La vue de leurs deux petites têtes penchées l'une vers l'autre l'offensait.

— Les poux ! s'exclamait-elle lorsque les mèches de leurs chevelures sombres semblaient se confondre. Des poux, voilà ce que vous allez attraper si vous restez collés comme ça !

Pendant les deuxième et troisième années d'école, Giannis et Panos, de plus en plus obèse, furent contraints de rester au premier rang, tandis que la studieuse Fotini était reléguée au fond. Presque chaque jour, on trouvait Giannis juché sur le coin de la table de Fotini, discutant avec elle plusieurs minutes après le début officiel des cours. Kyria Kakanidis, toujours attentive à leurs marques de désobéissance, approchait à pas de loup pour abattre une règle sur le plateau de Formica avec un bruit à percer les tympans.

— À ta place, Papalambos !

Au tout début de sa carrière, elle pouvait appliquer ses coups de règle directement sur les élèves, sur l'arrière d'une cuisse ou le dos d'une main, laissant une marque rouge pendant une ou deux heures. Elle avait un peu la nostalgie de cette époque. Les punitions possédaient des limites bien définies : ainsi, la marque sur la jambe d'un enfant durait le temps idéal pour qu'il retienne la leçon tout en ayant disparu avant que la cloche ne sonne la fin des cours.

Lorsque Giannis et Fotini en furent à leur dernière année de primaire, Kyria Kakanidis eut le sentiment d'avoir échoué : ils ne se conduisaient toujours pas comme les autres enfants. La docilité lui paraissait pourtant une condition nécessaire au passage à l'étape suivante de leur existence.

— Giannis, dit-elle un jour d'un ton glacial au garçon qui avait tant grandi au cours de l'année passée qu'il mesurait presque sa taille, si tu es incapable de faire ce qu'on te dit, je devrai trouver un moyen de t'y contraindre. Au coin ! Face au mur ! Les mains sur la tête ! Jusqu'à nouvel ordre !

Il resta dans cette position plusieurs heures, immobile dans la chaleur. Les autres sortirent pour jouer, boire goulûment à la fontaine dans la cour, manger leurs goûters, puis rentrèrent dans la salle afin de reprendre les cours. Pendant ce temps, Giannis était resté au coin.

Il se trouvait devant l'un des posters de Kyria Kakanidis. Un dessin anatomique. Le moindre os du corps humain, le moindre muscle, le moindre tendon étaient représentés. Quatre heures durant, Giannis le fixa, rappelé à l'ordre par l'institutrice dès qu'elle le voyait bouger ou s'agiter.

Une douleur naquit au bas de son dos, puis descendit peu à peu vers ses pieds. Ses bras l'élançaient tant qu'il finit par ne plus pouvoir les sentir. L'un d'eux tomba soudain, inerte le long de son flanc. Il était engourdi. Son bras gauche ne tarda pas à suivre le même chemin.

— Papalambos ! Les mains sur la tête ! Tout de suite !

Comme le sang se remettait à circuler, accompagné d'un horrible picotement,

il réussit à les relever. La souffrance et
l'humiliation lui brûlaient les yeux, mais
il était décidé à ne pas céder aux larmes.
Une autre heure s'écoula et ses jambes
faillirent se dérober sous lui alors qu'il
perdait toute sensation dans sa jambe
droite. Il donna un coup de pied dans le
mur afin de la réveiller.

— Tiens-toi tranquille, Papalambos !
Si je te vois encore faire ça, tu auras droit
au même traitement demain.

La journée d'école s'acheva enfin et
les enfants se dispersèrent. Fotini, elle,
restait assise à sa place, en silence. Elle
savait que Giannis ne bougerait pas tant
qu'il n'en aurait pas reçu l'ordre de l'institutrice et elle voulait l'attendre.

Sa présence énervait Kyria Kakanidis :
sans Fotini, Giannis n'aurait pas dû être
puni de la sorte.

— Vous pouvez y aller maintenant,
dit-elle avec aigreur, s'adressant aux
deux enfants. Si vous suiviez les règles,
je n'aurais pas à vous les rappeler.

Alors qu'il avait été congédié, Giannis se trouva momentanément incapable de bouger. Il eut l'impression qu'une éternité s'écoulait avant de retrouver des sensations dans ses membres. Fotini lui prit alors la main et le conduisit, sans un mot, vers la sortie.

À de nombreuses autres occasions, l'institutrice se sentit contrainte de punir son élève. Giannis passa plusieurs heures, chaque semaine, au coin.

Lorsqu'il fut temps, pour les deux enfants, de changer d'école, les adieux ne furent teintés d'aucun sentiment de tristesse ; leur maîtresse se réjouit même de voir s'éloigner ce duo qui n'avait jamais su respecter sa « règle des rangées ».

Les années passèrent. Giannis et Fotini se marièrent l'année où ils quittèrent l'université. Ils étaient de ceux qui avaient quitté le village pour de bon, ne s'y rendant qu'à de rares occasions, et même pas tous les étés. Fotini devint avocate et Giannis poursuivit ses études de médecine jusqu'à se spécialiser en rhumatologie.

Il adorait son métier, malgré les horaires et les conditions de travail presque insupportables. Aux quatre coins de la Grèce, les coupes budgétaires du gouvernement entraînaient des crises dans la plupart des hôpitaux et les médecins surchargés tombaient souvent malades eux-mêmes, conséquence du stress ou de l'épuisement.

Un vendredi après-midi de juillet, il fit des heures supplémentaires pour remplacer un collègue en arrêt maladie. S'il s'était agi de ses patients, Giannis aurait parcouru la liste avant de les recevoir, mais tous les gens qu'il examinerait ce jour-là étaient des étrangers pour lui, il n'en voyait donc pas l'intérêt. Pour son dernier rendez-vous, il recevait une femme.

À son entrée dans le cabinet, elle était si voûtée sur sa canne que ses traits étaient cachés. Dès qu'elle s'assit, cependant, il reconnut ses yeux perçants et luisants. Si ses cheveux noirs étaient devenus gris, l'expression de son visage n'avait pas changé.

Kyria Kakanidis, de son côté, ne le reconnut pas une seconde. Les deux décennies écoulées avaient transformé Giannis. Son petit nez s'était considérablement allongé, ses taches de rousseur avaient disparu et ses cheveux autrefois raides et soyeux avaient frisé. Pour elle, il était un spécialiste capable de la guérir des douleurs paralysantes qui l'empêchaient de fermer l'œil la nuit. Sa foi dans la profession médicale était absolue.

Bien qu'ayant la gorge nouée, Giannis s'efforça de ne trahir aucune émotion en parlant.

— Alors, Kyria…

— Kakanidis, répondit-elle pour l'aider.

— Dites-moi : que puis-je faire pour vous ?

— Eh bien... Je crois que j'ai un début d'arthrose.

— Décrivez-moi vos symptômes.

— Au réveil, le matin, je me sens si raide qu'il m'est presque impossible de sortir du lit. Et une fois que j'y suis parvenue, je ne parviens pas à me tenir droite.

— Et vous souffrez ?

— En permanence. C'est terrible.

— Bien, nous devons voir s'il s'agit d'une forme évolutive et il va donc falloir prendre des mesures pendant une période donnée. Ça me permettra de constater si la courbure de votre colonne empire. Si vous voulez bien avoir l'amabilité de vous lever...

Katia Kakanidis se redressa avec difficulté et se plaça près de la toise fixée au mur.

— Je vous prie de m'excuser un instant, dit-il en se redressant à son tour. Il me manque quelque chose. Ne bougez pas, s'il vous plaît.

Sur ces mots, il quitta la pièce. Pendant plusieurs minutes il s'attarda dans le couloir, adossé à la porte, le cœur battant la chamade. La seule voix de cette femme suffisait à lui rappeler des souvenirs amers et à réveiller des douleurs passées.

La chaleur dans l'hôpital était suffocante. L'air conditionné était en panne depuis plusieurs jours, et l'atmosphère avait une saveur rance, où se mêlaient les odeurs de désinfectant et de transpiration. Giannis emprunta l'entrée principale, traversa le parking et s'arrêta sur un petit carré d'herbes sauvages, tapissé de mégots. Appuyé contre un arbre, il alluma une cigarette. S'il ne fumait jamais à la maison – Fotini détestait ça –, au travail il cédait souvent à cette envie. C'était la seule façon de libérer le stress intense auquel il était soumis dans cet établissement délabré et négligé. En général, il retrouvait plusieurs autres membres du personnel.

Pour la première fois de sa carrière, il se rendit compte qu'il serait incapable de traiter une patiente. Il ne pouvait pas soigner quelqu'un qui lui inspirait de tels sentiments.

Il fuma une première cigarette, puis une seconde, et le temps fila. Lorsqu'il regarda sa montre, il constata que plus de trente minutes s'étaient écoulées. Kyria Kakanidis étant la dernière sur sa liste, il n'éprouva pas le besoin de presser le pas pour regagner l'hôpital.

Avec la déférence qu'elle réservait aux membres de la Faculté, Katia Kakanadis était restée debout près du mur tout le temps où Giannis s'était absenté. Elle n'avait pas osé s'asseoir.

Au bout de quelques minutes à peine, la douleur avait pris possession de son corps, cependant elle s'était entêtée à garder cette position. Chacun de ses os lui hurlait de céder, mais si le médecin la trouvait sur une chaise à son retour, il saurait qu'elle n'avait pas suivi les consignes. Ainsi, elle résista avec détermination à la tentation.

Lorsque Giannis réapparut, la vieille femme luttait pour retenir ses larmes.

— Je suis vraiment désolé de vous avoir fait attendre, dit-il d'un ton vif. Je vais juste vous mesurer avant de vous libérer.

Il nota sa taille, puis lui demanda de s'allonger sur la table d'examen afin de regarder sa colonne. Il y avait des preuves évidentes de dégénérescence. Il lui arrivait parfois de s'émerveiller du niveau de douleur que les gens enduraient avant d'aller consulter un médecin.

— Bien, conclut-il enfin, vous pouvez vous asseoir.

Elle se laissa tomber sur le siège face au bureau et l'observa tandis qu'il prenait des notes.

— Allez-vous me donner quelque

chose pour me soulager, docteur Balinakis ?

Giannis redressa la tête.

— Je ne suis pas le docteur Balinakis.
Il est absent cette semaine.

— Oh, fit-elle avec une pointe de
déception évidente. Ma question reste
cependant valable. Pouvez-vous me donner quelque chose ?

— Pas dans l'immédiat. Revenez d'ici
un mois. Le docteur Balinakis devrait
être de retour.

Il se leva, ne laissant à sa patiente
aucune possibilité de se méprendre : le
rendez-vous était terminé.

— Merci, docteur, dit Kyria Kakanidis avant de se hisser péniblement sur
ses pieds et de rejoindre d'une démarche
raide la porte.

Elle marqua un arrêt devant celle-ci
– une blouse blanche y était suspendue,
et le badge avec le nom du médecin,
apparent –, puis tourna la poignée de ses
deux mains noueuses.

Alors que la vieille femme s'éloignait en boitillant, Giannis observa son dos et se rendit compte que l'on apercevait, à travers son chemisier léger, la succession de ses vertèbres, pareille à une corde de nœuds. Dans un sursaut, il prit soudain conscience d'une chose. Selon toute vraisemblance, l'institutrice était la raison de sa présence ici, aujourd'hui. Toutes ces longues heures à observer le dessin anatomique du corps humain avaient pu agir comme un catalyseur. La honte le transperça tel un scalpel.

Dans le couloir, la vieille femme attendait l'ascenseur. Il se précipita vers elle.

— Kyria Kakanidis…

Elle releva la tête et Giannis croisa son regard perçant.

— Je suis désolé.

— Moi aussi, docteur Papalambos, dit-elle d'une voix étranglée. Moi aussi.

Le sapin

La neige tombait, dense, éclatante, régulière. Lentement, la rangée de pins vira du vert au blanc, leurs aiguilles scintillant. Un rouge-gorge gonfla les plumes carmin de sa poitrine. Un Noël dans toute sa perfection.

Le Père Noël se trouvait entre deux arbres. Son énorme bedaine ronde était soulignée par une large ceinture et sa tête dodelinait tandis qu'il répétait son tonitruant «Ho ho ho!». De la hotte jetée en travers de son épaule débordaient une douzaine de cadeaux, emballés dans du papier métallisé, rouge et vert.

Et, au pied de l'un des pins, un berceau au-dessus duquel étaient penchés Marie et Joseph tandis que les bergers et les rois mages attendaient d'apercevoir le divin enfant. La silhouette barbue vêtue de velours rouge, qui se dressait derrière eux, était aussi haute que les arbres et les cinq moutons auraient tenu dans la paume d'une de ses immenses mains noueuses. Tout était disproportionné.

Au centre de ce tableau apparut une femme, grande, à la taille fine, aux bras nus et musclés. Claire aperçut en effet son reflet dans la vitrine alors que les personnages de ce tableau festif s'estompaient. Elle fixa une paire d'yeux bleus.

Elle avait été subjuguée par ces symboles de Noël, conçus en Europe du Nord, fabriqués en Chine et, aujourd'hui, exposés dans la vitrine d'une rue étouffante et poussiéreuse de Chypre. Leur présence était si incongrue dans ce cadre… Dans cette ville où le soleil faisait encore miroiter les pavés en novembre et où la neige n'était jamais plus qu'un rêve. Les gens empruntaient la promenade du bord de mer tous les jours de l'année, envisageant une baignade et recherchant de l'ombre sous les palmiers.

Et pourtant voilà qu'un magasin tout entier se consacrait à la vente de guirlandes et autres babioles, mettant ces symboles hivernaux à la portée de consommateurs qui se languissaient des vagues de froid que Claire se réjouissait, elle, d'avoir laissées derrière elle. Cette vision fut néanmoins à l'origine d'un fort accès de mal du pays et d'une vague de mélancolie pour le brouillard et le verglas du nord de l'Angleterre. Ainsi que pour la réunion familiale annuelle.

Mais si la perspective de ce premier Noël loin de chez elle l'angoissait, elle ne serait pas seule. Ce n'était pas seulement l'attrait du soleil et la certitude d'un ciel bleu au quotidien qui l'avaient appâtée. C'était Andreas. Comme tant d'Anglaises avant elle, elle avait pris un aller simple pour les beaux yeux noirs d'un étranger.

S'ils s'étaient rencontrés à Manchester, où Andreas faisait ses études, il n'avait jamais été question pour lui de rester longtemps loin de sa *patrida*; si Claire voulait être avec lui, aucun compromis n'était envisageable. Bien vite, elle l'avait suivi sur l'île ensoleillée où il était né et l'intensité de son amour ne lui avait fourni aucune occasion de remettre en doute sa décision.

Andreas était rentré dans son village natal, près de la capitale, Nicosie, et Claire avait trouvé un appartement dans les faubourgs de la ville. Celui-ci donnait essentiellement sur les autres immeubles blanchis à la chaux qui entouraient le sien de toutes parts. Certains n'avaient pas plus de quelques dizaines d'années, pourtant leur peinture s'écaillait déjà et il manquait des bouts de plâtre sur les façades. Les architectes avaient négligé certains éléments au moment d'établir les plans de ces villes en constante expansion : les climatiseurs suspendus à l'angle des bâtiments, le fouillis de panneaux solaires et d'antennes paraboliques, et les tiges métalliques qui hérissaient les toits. Les cordes chargées de linge aux couleurs criardes et accrochées à chaque balcon complétaient cette image de chaos.

Les opportunités ne manquaient pas, à Chypre, pour une expatriée diplômée et prête à travailler dur contre un salaire réduit. Claire avait ainsi décroché un emploi dans une librairie et son nouveau quotidien ne différait pas énormément de celui qu'elle avait quitté. Certains détails changeaient tout, cependant.

La journée de travail était plus longue, et la chaleur accentuait cette réalité, lorsqu'elle rentrait chez elle à pied, les bras chargés de légumes de saison et de produits pour la maison dont elle déchiffrait encore avec peine les noms. Si certains coins de l'île étaient presque anglais, elle vivait malgré tout dans un pays étranger. Dans son appartement, où elle ouvrait en grand toutes les portes et les fenêtres afin de faire un courant d'air, l'atmosphère était saturée du brouhaha d'une douzaine de chaînes de télévision différentes. Certains soirs, poussée à bout par la cacophonie incessante de musique et de voix, elle fermait les fenêtres. La chaleur avait beau être suffocante, au moins pouvait-elle profiter du silence.

Ses amis lui imaginaient une autre vie, faite de soirées interminables, de fêtes et d'escapades quotidiennes à la plage, cependant, étrangement, elle se contentait de celle-ci. Andreas et elle se voyaient le week-end et, dans l'immédiat, il fallait bien s'en satisfaire.

Ce jour de décembre, elle attendait devant la vitrine de Noël qu'il vienne la chercher. Il l'emmenait enfin faire la rencontre de sa potentielle belle-famille. Belle-mère, pour être plus exact. Et elle était nerveuse. Une telle présentation revêtait beaucoup plus de signification ici que dans le Yorkshire.

— Je sais qu'elle t'appréciera, tenta-t-il de la rassurer. Mais ne te laisse pas démonter si elle semble un peu froide.

— Pourquoi le serait-elle ? demanda Claire avec une fausse candeur, connaissant déjà la réputation des mères grecques.

— La barrière de la langue, répondit-il. Elle ne sera pas vraiment en mesure de discuter, c'est tout.

Alors que la voiture les conduisait dans les collines surplombant Nicosie, ils purent apercevoir, au loin, la partie de l'île occupée par la Turquie. Andreas parlait rarement de la division de son pays, pourtant Claire se souvint de cette séparation difficile en avisant le drapeau turc si provocateur, sculpté à flanc de coteau. Bientôt, ils atteignirent le village et les rues se firent plus étroites. Les bâtisses de caractère étaient chaleureuses ; la plupart avaient accueilli la même famille sur plusieurs générations. Beaucoup semblaient maintenues par les branches épaisses des bougainvillées, qu'on ne pouvait plus distinguer de la vigne vierge qui s'y entremêlait.

— Regarde, dit-il comme ils longeaient une porte bleue. C'est là.

Une femme d'un certain âge, mince et aux traits d'oiseau, avança sur le seuil de l'une des plus grandes maisons. Elle paraissait si fragile qu'un souffle d'air aurait pu l'emporter. Elle avait les bras croisés et le visage impassible. Jusqu'à ce qu'elle découvre son fils. Alors on aurait dit que le soleil venait d'apparaître derrière un nuage.

Andreas gara sa voiture sur un emplacement poussiéreux au sommet d'une butte, puis ils redescendirent. Sa mère attendait sur le seuil, sans détacher ses yeux souriants de son fils. Kyria Markides n'était pas plus épaisse qu'une plume, pourtant elle serra son fils avec une force surhumaine et poussa des cris de joie :

— *Angele mou !* Mon ange ! *Matia mou !* Mes yeux !

Tout le temps que dura l'effusion, par-dessus l'épaule d'Andreas, elle fixa Claire d'un regard d'acier. Malgré les températures élevées, celle-ci sentit presque son cœur geler.

Ils entrèrent et, peu à peu, elle s'accoutuma à la pénombre. Les deux jeunes gens s'assirent à table, et un malaise s'installa tandis que la vieille femme toute de noir vêtue s'agitait dans la cuisine. Claire observa autour d'elle. Les murs étaient tapissés d'icônes qu'elle avait déjà vues

dans d'autres intérieurs chypriotes, aux-
quelles s'ajoutaient une trentaine de photos. Certaines d'entre elles avaient été
prises lors d'un mariage, mais la plupart
étaient des portraits officiels du même
homme, beau, moustachu, arborant fièrement un uniforme de l'armée.

— Ton père ? s'enquit Claire.

— Oui.

— Tu lui ressembles beaucoup.

— C'est ce que ma mère répète toujours. Malheureusement, je n'ai aucun
souvenir de lui.

Claire savait qu'Andreas n'avait ni
frère ni sœur. Elle comprenait à présent combien cet enfant unique avait été
chéri par sa mère et mesura soudain que
sa présence ici était incongrue. Ce n'était
pas seulement la nostalgie de sa terre
natale où, même s'il ne neigeait pas toujours à Noël, on pouvait compter sur le
givre. C'était surtout le sentiment d'être
une étrangère, particulièrement ici, sous
ce toit.

Le sapin

Elle resta silencieuse durant tout le repas. Des parents s'étaient joints à eux : quelques cousins et leurs enfants, trois tantes et deux oncles très âgés. Claire souriait quand on lui adressait la parole, même si elle n'avait pas la moindre idée de ce qui était dit… Elle se servit d'un peu de chacun des plats qu'on lui passait, goûtant même un de ces minuscules oisillons, *ambelopoulia*, attrapés et tués lors de leur premier vol. Elle ne voulait pas décevoir Andreas, pourtant, à la fin du dîner, lorsqu'on eut vidé les verres de *zivania*, un alcool puissant, et qu'il fut temps de rentrer, elle avait dépensé toute son énergie à faire semblant de s'amuser. Kyria Markides lui donna une brève poignée de main au moment du départ.

Alors qu'ils redescendaient vers la ville, la tension dans la voiture était palpable. Claire avait le sentiment d'avoir fait de son mieux, mais la grande froideur de la mère d'Andreas était pire que ce qu'elle avait anticipé.

— Pourquoi se comporter ainsi ?
Qu'ont-elles toutes, ces mères grecques ?
Pourquoi sont-elles aussi possessives ?

La frustration avait enflé dans sa poitrine depuis leur arrivée au village et elle
ne pouvait plus contenir sa colère.

Andreas ne répondit pas et Claire ne
parvint pas à déchiffrer son expression
dans la nuit sans lune. Quelques minutes
plus tard, elle répéta sa question.

— Alors ? Pourquoi ?

Le silence du jeune homme ne fit que
la provoquer davantage.

— Ta mère ne m'acceptera jamais,
conclut-elle avec résignation. Je suis
une étrangère ici, je ne serai jamais rien
d'autre.

Ils venaient d'entrer dans Nicosie. Se
tournant vers la vitre, Claire remarqua
qu'ils passaient devant la vitrine où ils
s'étaient retrouvés le matin même, avec
ses sapins en plastique et sa fausse neige.
Elle remarqua aussi qu'il avait tourné

dans la direction opposée au quartier où elle vivait. Il ne tarda pas à se garer.

— Je veux t'emmener quelque part, expliqua-t-il.

Ils descendirent, sans se prendre la main, une rue chargée de décorations lumineuses. Au loin, Claire distingua un arbre de Noël. Dressé au milieu de la chaussée, il n'était pas éclairé par une guirlande électrique, mais chargé de rubans. Lorsqu'ils approchèrent, elle remarqua un fait encore plus étrange. À la place des boules de Noël se trouvaient des photographies en noir et blanc, pour la plupart représentant des hommes. Dessous étaient griffonnés quelques mots et une date, 1974.

— Regarde, lui dit Andreas en en désignant une.

La légende indiquait : Giorgos Markides. Le cliché, décoloré, était de toute évidence là depuis des années.

— Que fait sa photo ici ?

— Mon père était l'un des « disparus », expliqua-t-il. Comme mille cinq cents autres, il s'est volatilisé lors de l'invasion de Chypre par les Turcs. On ne l'a pas revu depuis. Ces photos permettent de garder leur mémoire vivante.

Andreas venait de naître à l'époque, et sa mère avait attendu, encore et encore, espérant quotidiennement le retour de son mari. Chaque jour elle avait mis un cierge à l'église et prié, reportant sur son fils tout son amour pour Giorgos, et davantage encore.

Claire toucha le bras d'Andreas, s'attendant presque à ce qu'il s'écarte.

— Je te demande pardon. Pas étonnant qu'elle ait peur de te perdre…

Andreas lui sourit.

— Je crois qu'il va lui falloir un petit moment pour comprendre que tu ne vas pas m'arracher à mon île, c'est tout.

Ils restèrent ainsi, à contempler cet étrange arbre, qui n'était pas seulement là pour le mois de décembre mais pour toute l'année, et Claire n'eut plus aucun regret d'être loin de l'Angleterre. Elle se trouvait là où elle voulait, à des kilomètres du givre et du verglas, enveloppée d'une douce brise parfumée, devant ce sapin sans neige.

La dernière danse

Dans chaque quartier d'Athènes, élégant, défraîchi ou franchement décrépit, on trouve une vitrine pleine de contes de fées, celle d'un studio photo. Les tableaux romantiques qu'ils composent pour les jeunes mariés seront exposés dans leur salon jusqu'à la fin de leurs jours. À moins d'un divorce, bien sûr.

Un de ces ateliers se trouvait justement

dans la rue de Theodoros et, au fil des ans, il était passé devant un millier de fois. Il avait depuis longtemps cessé de remarquer sa présence, jusqu'à ce jour. Plusieurs boutiques avaient fermé leurs portes, sur les deux trottoirs, mais les gens semblaient avoir encore de l'argent pour ces photos de mariage luxueuses, sinon pour les céramiques ou les livres anciens.

Dans son agenda, il avait noté un rendez-vous dans un endroit de ce genre, avec sa fiancée et sa mère, et, pour la première fois, il s'arrêta le temps de regarder ce qui l'attendait. Il étudia avec soin la vitrine, remarquant que la toile de fond était, en général, assortie à la robe de la mariée. Si elle avait opté pour quelque chose de vaporeux, le photographe choisissait un décor élaboré, la ruine d'un château vénitien, par exemple; si elle avait favorisé un style plus classique, un monument incontournable – parfois même l'Acropole – apparaissait au second plan. On pouvait presque tout truquer, de l'éclat factice du teint de la mariée aux dents du marié, d'une blancheur irréelle.

Dans tous les contes de fées, la jeune épouse était une beauté et son époux un prince. L'heureux couple était toujours entouré d'un halo lumineux. Un peu comme s'ils étaient, au moment de leurs noces, touchés par la grâce de Dieu et des dieux.

L'homme portait en général un costume classique et bien taillé, souvent blanc si le mariage avait lieu en été, mais la mariée était systématiquement au centre de l'image. Sa robe éclipsait tout le reste.

Theodoros avait accepté depuis le début de ses fiançailles que son implication dans les préparatifs de la cérémonie ne serait que superficielle – comme sans doute lors de la cérémonie elle-même, qui aurait lieu dans un mois. Il était

fiancé pour la deuxième fois ; il savait à
quoi s'attendre.

Dix ans auparavant, il avait perdu
toutes les batailles contre les parents de
son ex-fiancée, Agapi. Avec elle, il n'avait
ainsi jamais atteint l'étape de la visite au
photographe.

Ils s'étaient rencontrés dans un bar
près de Syntagma, qui proposait un
concert tous les soirs. Le volume sonore
avait empêché toute conversation et,
avant même de s'être adressé la parole,
ils s'étaient retrouvés à danser ensemble.
Les paroles de la chanson étaient romantiques et, lorsqu'elle s'était conclue,
Theodoros avait eu l'impression d'avoir
déjà déclaré sa flamme à la magnifique
fille qu'il tenait dans ses bras. Alors,
seulement, ils s'étaient présentés l'un à
l'autre. Ce fut un coup de foudre, *kerav-
novolos erotas*, aucun d'eux n'avait jamais
rien ressenti d'aussi puissant. Et tous

deux en avaient déduit que cet amour serait le dernier qu'ils connaîtraient.

Elle avait beau remonter à une dizaine d'années, il se souvenait de son ultime conversation avec Agapi presque mot pour mot. Chaque fois qu'il y pensait, la douleur brûlante de leur séparation réapparaissait.

— S'ils font de nos vies un enfer aujourd'hui, avait-elle dit, les yeux embués de larmes, ce ne sera pas mieux quand nous serons mariés. J'ai vu le résultat sur ma sœur.

Âgé de vingt ans seulement à l'époque, Theodoros n'avait rien eu à objecter. Plusieurs mois durant, il avait observé avec une gêne croissante l'agressivité dont le beau-frère d'Agapi était victime. Et il avait fini par comprendre que les parents de la jeune fille désapprouvaient aussi le choix de leur seconde fille, ce qui, associé à leur désir de domination sur leur progéniture, était écrasant. Comme sa sœur avant elle, Agapi s'était vu promettre un immense quatre-pièces, construit juste au-dessus de l'appartement de ses parents. Ce serait son cadeau de mariage, sa dot, et Theodoros ne pouvait rien mettre d'aussi significatif dans la balance. Cette offrande de briques et de mortier, de béton et de verre, à Kolonaki, le quartier le plus à la mode d'Athènes, était la fondation de leur avenir.

Theodoros n'avait pas eu besoin de se l'entendre dire pour sentir, d'instinct, ce qui chez lui avait déplu à ses futurs beaux-parents. Son principal crime était de venir d'une petite île et d'en avoir gardé un accent qui le trahissait. Son père, un pêcheur, gagnait correctement sa vie, mais, aux yeux de la mère d'Agapi, il devait être un paysan sans éducation puisqu'il n'y avait pas d'école sur l'île.

Theodoros ne pouvait pas combattre de telles idées préconçues et il savait qu'il ne parviendrait jamais à les chan-

ger. Ravagé par le chagrin, il avait repris
sa bague avec un minuscule diamant, et
Agapi et lui s'étaient séparés. Il était trop
jeune, trop faible, pour une telle lutte,
et lui qui croyait plus que tout à l'amour
avait vu son rêve détruit.

Au cours des dix années qui avaient
suivi, il avait mis de côté toute idée
de mariage pour se concentrer sur ses
études, dans le but de devenir un bon
parti pour une éventuelle belle-mère.
Une fois qu'il avait eu les résultats de son
dernier examen de droit, il avait enfin
trouvé le temps, et l'envie, d'accepter
une invitation à dîner de l'associé le plus
influent du cabinet où il travaillait.

La raison de cette invitation lui était
aussitôt apparue. Les manœuvres des
parents avaient été trahies par leur fille
rougissante. Theodoros s'était laissé porter par le courant inévitable des mois
suivants, se sentant jaugé tel un fruit
mûrissant. Cette fois, c'était quelqu'un
d'autre qui avait tout intérêt à le faire

entrer dans la famille : il n'y avait aucun fils pour reprendre la clientèle du père, et Theodoros savait qu'il ferait l'affaire.

Nefeli avait la peau pâle et des cheveux foncés, ondulés. Elle n'avait aucun trait physique particulièrement remarquable, mais elle était charmante et avait adoré Theodoros dès leur première rencontre. Un homme qui travaillait quatorze heures par jour avait besoin d'être vénéré les dix restantes. Leurs fiançailles durèrent un an, soit le temps nécessaire pour organiser un grand mariage. La mère de Nefeli choisit la robe de sa fille, ainsi que les fleurs, l'église, la date et le photographe.

À cet instant, alors qu'il regardait la vitrine poussiéreuse du photographe de sa rue, Theodoros entendit son téléphone sonner. Sa fiancée appelait pour lui confirmer leur rendez-vous dans un studio haut de gamme, dans le centre d'Athènes.

— J'espère que nos photos seront

plus naturelles que celles que je suis en train de contempler, dit-il en s'efforçant d'adopter un ton léger. Hmm... oui. *Endaksi.* D'accord, ça me va. À tout à l'heure !

Un mois plus tard, Theodoros marchait vers l'autel, escorté par son *koumbaros*, son témoin. Il s'agissait de l'une des plus grandes églises d'Athènes, qui accueillait nombre de mariages de la haute société, et, pendant les mois d'été, il y avait parfois des embouteillages nuptiaux, tant les cérémonies s'enchaînaient à une cadence infernale. Theodoros était arrivé au moment où les derniers invités du mariage précédent partaient. Il les avait observés avec lassitude. Ils emportaient une petite bourse de tulle remplie de dragées – cadeau traditionnel des mariés à leurs convives, à la sortie de l'église.

Son *koumbaros* et lui enjambèrent

un long fil électrique en entrant. Un homme d'un certain âge aspirait le riz qui avait été jeté lors du mariage précédant. Il était difficile de parler avec le vacarme de l'appareil, mais il s'attarda près de l'entrée afin d'accueillir les premiers invités, pour beaucoup de parfaits inconnus. Une demi-heure environ s'écoula le temps que l'église se remplisse à nouveau. Il attendait sa future épouse. Le père de Theodoros et deux vieilles tantes arrivèrent parmi les derniers, vêtus de noir, nerveux et mal à l'aise. Son père avait l'air fier mais, dans cette ville inconnue, il n'était pas dans son élément.

Nefeli fit son apparition au moment idéal. Elle avait choisi une robe de princesse, romantique, et il ne l'avait jamais vue aussi belle. Il l'accueillit avec un bouquet de fleurs et la cérémonie se déroula sans le moindre accroc. Le pope avait mis à profit le laps de temps entre deux cérémonies pour soigner sa voix à coups de raki et de miel, et il glissait sans difficulté d'une note à l'autre lors des réponses chantées.

Lorsqu'ils ressortirent de l'église, une autre noce s'assemblait déjà sur le perron. Les deux groupes se mêlèrent, les femmes lorgnant avec jalousie les tenues raffinées de l'autre clan : tailleurs sur mesure en soie grège de couleur vive, et chaussures assorties, robes et vestes coordonnées avec passepoil contrastant, tenues légères plus adaptées à une soirée en boîte de nuit qu'à une église et, dissimulés sous des manteaux, éclairs de lamé et de paillettes qui en disaient long. L'âge et la taille n'avaient plus aucune importance ce jour-là. Toutes les femmes portaient des tenues ajustées. Et toutes avaient passé autant d'heures que la mariée à se pomponner.

Une énorme flotte de voitures se fraya un chemin dans les rues d'Athènes jusqu'à un vaste complexe hôtelier au sud de la ville. Celui-ci, qui accueillait

234

des conférences en hiver et des mariages en été, ne laissait aucun détail au hasard, dans aucun domaine.

L'établissement pouvait recevoir jusqu'à quatre réceptions de mariage le même jour. Les invités passaient tous par le magnifique hall d'entrée avant d'être aspirés vers l'une des quatre ailes, si judicieusement nommées d'après les principaux vents : *Borée, Notos, Euros* et *Zéphyr*. Le nord, le sud, l'est et l'ouest. Les noces ne partageaient que le vestiaire et l'espace devant l'entrée principale où tous, invités, membres du personnel ou chauffeurs, pouvaient se retrouver pour fumer.

Les six cents convives de Theodoros et Nefeli défilèrent du hall d'entrée jusqu'à la salle de bal qui leur avait été allouée, où on leur servirait un dîner composé de cinq plats. À une extrémité de la pièce, ils prirent le vin d'honneur avant de s'installer autour de l'une des immenses tables circulaires. Au-delà de

l'endroit réservé au repas se trouvait une
piste de danse, où ils finiraient la soirée, accompagnés par un orchestre – à
la musique traditionnelle grecque succé-
deraient des morceaux de pop moderne.
Le déroulement de cette partie-là de la
soirée serait aussi assuré, jusqu'à la dernière seconde, par l'hôtel.

Quarante-cinq minutes après l'entrée du premier invité, tout le monde
était assis et un roulement de tambour
retentit. Sous la scène, Theodoros et
Nefeli attendaient sur une petite estrade,
qu'un mécanisme hydraulique soulève-
rait. Quand ils apparurent, une onde
d'applaudissements traversa l'assemblée. Tous guettaient avec une impa-
tience croissante l'entrée des mariés,
et tous étaient prêts à dîner. Ils avaient
faim. Après tout, si nombre d'entre eux
avaient été attirés par la promesse de
croiser des gens intéressants, ils espéraient aussi un bon repas.

Après les hors-d'œuvre, qui avaient

laissé les convives plus affamés encore, six serveurs s'approchèrent de chaque table, chacun chargé de deux assiettes recouvertes d'une cloche en argent. Sur un signal invisible de l'un d'eux, les douze dômes furent soulevés dans un ensemble parfait, à la demi-seconde près, pour révéler le plat qu'ils cachaient. Si le geste était remarquable, ce qu'il dévoilait n'était pas tout à fait à la hauteur de l'attente : un morceau d'agneau de la taille d'un biscuit, sur lequel trônait un petit fagot de brindilles qui, à en croire le menu imprimé, étaient des pommes allumettes. Deux lettres avaient été délicatement tracées avec de la sauce épaisse, sur l'assiette : *N* et *T*.

Theodoros jeta un regard à son père, qui considérait le plat avec perplexité, à l'autre extrémité de la table. Le vieil homme avait quitté son Miltos natal pour la première fois et il détonnait dans cette immense salle de réception. Tout devait lui paraître étrange et inconnu.

La dernière danse

Theodoros pouvait lire dans ses pensées tandis que celui-ci fixait l'assiette devant lui. S'il avait épousé une fille de l'île, un mouton entier aurait été rôti à la broche, des musiciens auraient joué pendant le repas et le vin aurait coulé à flots d'un tonneau. La nourriture n'aurait pas ressemblé à une œuvre d'art et, à l'heure qu'il était, tout le monde serait déjà ivre de *tsikoudia* et de joie. Theodoros croisa le regard de son père et tenta de faire naître un sourire sur son visage. Ses tantes encadraient leur frère, deux gardes du corps en noir. Gênées par leur accent, elles n'adressaient pas la parole aux autres invités, mais échangeaient parfois des commentaires en grommelant.

Pendant que les serveurs se livraient à la cérémonie des cloches, le brouhaha des bavardages s'interrompit momentanément. Ce fut durant ce bref silence que Theodoros identifia les accords d'un air familier dans la pièce voisine.

Ils furent rapidement noyés sous le cliquetis des couverts et la reprise des discussions, cependant il éprouva le besoin d'aller prendre l'air. Il avait l'impression d'avoir reçu un coup de poing en plein ventre.

Effleurant le bras de sa femme, il lui dit qu'il ne tarderait pas à revenir. Sans avoir touché à son assiette, il quitta la salle.

De part et d'autre de la salle *Zéphyr*, deux autres réceptions de mariage avaient lieu. Les jeunes époux de *Borée* devaient encore arriver, mais le déroulement de la fête dans *Notos* était déjà bien avancé. La cérémonie des cloches argentées était passée depuis longtemps, suivie de la sculpture raffinée de fruits givrés, posée sur une fine tranche de tarte au chocolat – qui avait été mangée et débarrassée. Quelques minutes plus tôt, les mariés avaient ouvert le bal et c'était le dernier couplet de leur chanson que Theodoros avait entendu.

La dernière danse

Comme la porte se refermait derrière lui, il aperçut une femme en blanc sous un immense lustre de cristal. Quelques autres invités s'aventuraient à la lisière du grand tapis rouge, rond, pourtant elle était seule au centre. Après tant d'années, il eut l'impression que son cœur, plus que ses yeux, la reconnaissait. Agapi.

— Theodoros, dit-elle tandis qu'il allait à sa rencontre.

— Mon dieu, Agapi ! C'est toi... Tu viens de... ?

— Oui, tout juste.

— Félicitations, parvint-il à répondre. Tu es magnifique.

Il y eut un silence gêné.

— Il me semblait avoir entendu notre chanson... Tu l'as fait jouer ?

— Oui... pour la première danse. Ça reste ma préférée, ajouta-t-elle tout bas. Nikos ne s'intéresse pas trop à la musique, il m'a laissée choisir. Je ne voyais pas à mal.

Tout près l'un de l'autre, les yeux dans les yeux, sourire aux lèvres, ils se noyaient dans le plaisir de ces retrouvailles. L'espace de quelques minutes, ils oublièrent où ils se trouvaient et les raisons de leur présence dans ce cadre anonyme.

Les doubles portes battantes de la salle *Zéphyr* venaient de s'ouvrir.

— Et elle passe aussi à côté, observa Agapi, en tentant de sourire. On dirait bien que c'est la chanson préférée de tout le monde.

Sans réfléchir, Theodoros passa son bras autour de la taille d'Agapi et se mit à la faire virevolter. Ils s'absorbèrent tous deux dans ce moment, grisés par la douleur étrange de se revoir après tant d'années. Theodoros n'était conscient que d'une chose : la douce voix familière d'Agapi, qui murmurait les paroles de la chanson à son oreille.

La dernière danse

S'agapo yiati eisai oraia
S'agapo yiati eisai oraia
S'agapo yiati eisai esi.

Je t'aime parce que tu es belle,
Je t'aime parce que tu es belle,
Je t'aime parce que tu es toi.

L'orchestre continua à jouer le même air, encore et encore, tandis qu'ils tournoyaient sous le lustre.

Quelques instants plus tard, le témoin de Theodoros apparut et chercha, vainement, à attirer son attention. Le jeune homme continuait à danser et, chaque fois que son *koumbaros* voulait lui taper sur l'épaule, il se dérobait.

— Theodoros ! finit-il par l'appeler, au désespoir. Theodoros !

Voyant que le marié avait les yeux fermés, il n'eut d'autre choix que d'élever la voix :

— THEODOROS !

Il avait réussi.

— C'est la première danse, Theodoros. Nefeli… Ta belle-mère… tout le monde attend.

Les deux danseurs se séparèrent.

— Toi aussi ? s'étonna Agapi. Aujourd'hui ?

— Oui, répondit-il, sentant sa voix s'étrangler au point de disparaître presque. Aujourd'hui.

Ils se tenaient à distance maintenant. Agapi aperçut, par-dessus l'épaule de Theodoros, son mari qui approchait.

— Tu ferais mieux de filer, murmura-t-elle si bas qu'elle fut à peine audible. Tu es en retard.

Trop tard, songea-t-il. J'arrive trop tard.

Ils échangèrent un dernier regard et, le cœur lourd, Theodoros se détourna.

Table

Victoria Hislop
au Livre de Poche

Le Fil des souvenirs   n° 33446

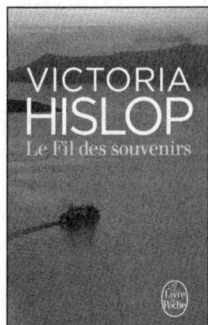

1917, Thessalonique. Le jour de la naissance de Dimitris, un terrible incendie détruit la ville. Sa famille doit déménager dans les quartiers populaires. C'est là aussi que viennent s'installer des réfugiés turcs quelques années après. Parmi eux, Katerina. Le destin réunit les deux enfants, l'un héritier d'un empire textile, l'autre couturière prodige. Ensemble, ils seront les témoins d'une Grèce tourmentée, de l'occupation allemande aux révolutions civiles et à la dictature, qui défigureront leur cité autrefois multiethnique et fraternelle. Presque un siècle plus tard, de quels secrets sont-ils les gardiens ? Comment les transmettre avant qu'il ne soit trop tard ? Le temps est venu de dérouler le fil de leurs souvenirs...

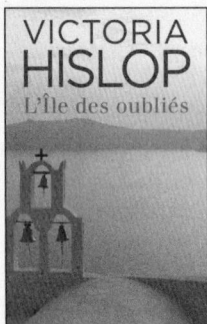

L'été s'achève à Plaka, un village sur la côte nord de la Crète. Alexis, une jeune Anglaise diplômée d'archéologie, a choisi de s'y rendre parce que c'est là que sa mère est née et a vécu jusqu'à ses dix-huit ans. Une terrible découverte attend Alexis, qui ignore tout de l'histoire de sa famille : de 1903 à 1957, Spinalonga, l'île qui fait face à Plaka et ressemble tant à un animal alangui allongé sur le dos, était une colonie de lépreux... et son arrière-grand-mère y aurait péri. Quels mystères effrayants recèle cette île que surplombent les ruines d'une forteresse vénitienne ? Pourquoi Sophia, la mère d'Alexis, a-t-elle si violemment rompu avec son passé ? La jeune femme est bien décidée à lever le voile sur la déchirante destinée de ses aïeules et sur leurs sombres secrets...

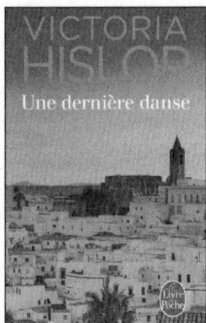

Quand elle arrive à Grenade pour y prendre des cours de danse, Sonia, jeune Londonienne, ne sait rien du passé de la ville. Une conversation avec le patron du café El Barril la plonge dans la tragique destinée de la famille Ramírez : dans les années 1930 vivaient dans ces lieux trois frères aux idéaux opposés, veillant jalousement sur leur jeune sœur, Mercedes, passionnée de flamenco. Tandis que celle-ci tombe amoureuse du guitariste gitan qui l'accompagne, l'Espagne sombre dans la guerre civile. Quel camp chacun va-t-il choisir ? Quels secrets et trahisons vont déchirer la fratrie à jamais ? Happée par ce récit de feu et de sang, Sonia est loin d'imaginer que sa propre existence en sera bouleversée.

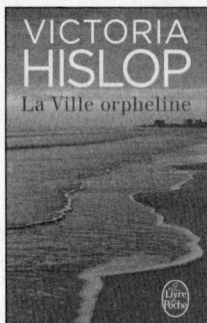

Chypre, été 1972. La ville de Famagouste héberge la station balnéaire la plus prisée de la Méditerranée, où Chypriotes grecs et turcs vivent en parfaite harmonie. Un couple ambitieux y ouvre Le Sunrise, un hôtel de grand luxe. Lorsqu'un putsch grec plonge l'île dans le chaos, celle-ci devient le théâtre d'un conflit désastreux. Famagouste est bombardée. Quarante mille personnes fuient l'armée en marche. Parmi elles, Aphroditi, contrainte de suivre son mari sans savoir si elle pourra un jour revoir son amant. Dans la ville désertée, seules deux familles demeurent : les Georgiou et les Özkan. Voici leur histoire. Après l'incroyable succès de *L'Île des oubliés*, Victoria Hislop mêle avec toujours autant de brio les chroniques familiales et les déchirures de l'Histoire.

78/8295/7

Le Livre de Poche s'engage pour
l'environnement en réduisant
l'empreinte carbone de ses livres.
Celle de cet exemplaire est de :
220 g éq. CO_2
Rendez-vous sur
www.livredepoche-durable.fr

PAPIER À BASE DE
FIBRES CERTIFIÉES

Composition réalisée par MAURY - IMPRIMEUR

Achevé d'imprimer en avril 2017, en France sur Presse Offset par
Maury Imprimeur – 45330 Malesherbes
N° d'imprimeur : 216790
Dépôt légal 1re publication : mai 2017
LIBRAIRIE GÉNÉRALE FRANÇAISE – 21, rue du Montparnasse – 75298 Paris Cedex 06